Un cœur outragé

Du même auteur

Petit lexique amoureux du théâtre, Stock, 2009
Mémé, L'Iconoclaste, 2014
Thank you, Shakespeare, Flammarion 2016
Jacques à la guerre, Plon, 2018
Une certaine raison de vivre, Robert Laffont, 2021
Anthologie de la poésie française, Calmann-Lévy, 2022

Philippe
Torreton

Un cœur outragé

roman

CALMANN LEVY

CALMANN LÉVY
ÉDITEUR DEPUIS 1836

COUVERTURE
Maquette : olo éditions
Illustration : Vincent Ruffin, *Mr Sicard* (2009), huile sur toile © Vincent Ruffin

ISBN 978-2-7021-8746-3

Pour Elsa

Je suis un Barbare, j'en ai l'apathie musculaire, les langueurs nerveuses, les yeux verts et la haute taille ; mais j'en ai aussi l'élan, l'entêtement, l'irascibilité. Normands, tels que nous sommes, nous avons quelque peu de cidre dans les veines ; c'est une boisson aigre et fermentée et qui quelques fois fait sauter la bonde.

Gustave FLAUBERT,
Correspondance (1851- 1858)

Quand je me sens des plis amers autour de la bouche, quand mon âme est un bruineux et dégoulinant novembre, [...] et surtout lorsque mon cafard prend tellement le dessus que je dois me tenir à quatre pour ne pas, délibérément, descendre dans la rue pour y envoyer dinguer les chapeaux des gens, je comprends alors qu'il est grand temps de prendre le large. Ça remplace pour moi le suicide.

Herman MELVILLE, *Moby Dick*

Je me demande où réside, où se cache la blessure secrète où tout homme court se réfugier si l'on attente à son orgueil, quand on le blesse ? Cette blessure – qui devient ainsi le for intérieur –, c'est elle qu'il va gonfler, emplir. Tout homme sait la rejoindre, au point de devenir cette blessure elle-même, une sorte de cœur secret et douloureux.

Jean GENET, *Le Funambule*

Ce soir, je vais mettre fin à mes jours.

On ne veut plus de moi et, ça tombe bien, je ne veux plus de moi non plus.

Je vais m'exprimer vraiment pour la première fois de ma vie. Tout le reste était babillage, apparence, j'ai couru après des lunes inaccessibles, je me suis trompé de soleil et de trottoir, je me suis perdu.

Je tiens à faire ça en douceur, je n'ai pas de haine contre moi, pas envie de souffrir, aucune violence, non, je veux juste disparaître, m'en aller les mains dans les poches, me détacher. C'est le mot. Arrêter de vivre comme on détache un cheval, j'ai envie de me regarder filer dans la plaine en remuant la croupe.

L'irréparabilité de cet acte me plaît. En dépit de nos poses, nous pataugeons dans le remédiable. Drapés dans des absolus bien au-dessus de nos moyens, nos gants et nos écharpes blanches fouettent le vide. Nous paradons, pétoires graissées à l'épaule, mais au final tout se renoue, se recoud et se rabiboche. Nos âmes guerrières expirent sur les maroquins d'études notariales, nous transigeons toujours.

Ma mort sera modeste et ça me plaît, pas de tambours et encore moins de trompettes, elle ne descend pas un escalier lumineux entourée de beaux garçons, pas de faire-valoir, pas besoin de lever de rideau ni de vedette américaine. *T'es vivant, hop t'es mort*, comme me l'avait dit un réalisateur autiste à propos de la disparition d'un de ses amis américains. T'es vivant, hop t'es mort ! Il me tarde de rencontrer cette symbiose parfaite de l'inéluctabilité et du silence.

Tel un médecin qui connaît la combine pour arrêter ses propres souffrances, j'ai ma technique. Un directeur de prison m'a montré, il suffit de prendre n'importe quel lien, une ficelle, une bande de drap déchirée avec les dents, d'enrouler une extrémité autour du cou, de faire un nœud, même pas la peine de serrer, d'attacher l'autre extrémité à n'importe quel point fixe, de se mettre à genoux et laisser sa tête peser sur ce lien, sans forcer. Petit à petit, le cerveau ne reçoit plus assez d'oxygène, alors la conscience s'évapore et la mort s'installe dans un appartement déserté, pas de douleur, pas de cris, pas de détonation, pas de veines entaillées, rien, dodo.

Il m'avait dit ça, Tony, un bon gars du Nord, surveillant devenu directeur en poussant du collier pour passer les concours internes. Harnaché de son seul courage, il avait su tirer la carriole pesante du déterminisme social jusqu'à ce petit sommet. Un type très doux à la rousseur hirsute, tout en son sur la peau et en champ de blé à la Van Gogh dans la tignasse, un géant au regard de mon mètre soixante-neuf, une sorte de Pierrot Bimberlot coincé dans le bureau de sa prison de briques, distribuant des bonbons à ses reclus en longues peines.

J'avais eu cette discussion avec lui à l'occasion d'un tournage dans le Nord de la France, je me demandais comment il était possible que, dans un univers aussi surveillé, des détenus parviennent à se suicider au nez et à la barbe des caméras et des gardiens.

Il m'avoua en un long soupir de chien malheureux que le suicide est une des choses les plus faciles à faire en prison, tout le reste est compliqué, tout, même obtenir du sel et du poivre, mais se donner la mort est à la portée du dernier arrivé.

J'interprétais un prisonnier, l'histoire s'inspirait d'une erreur judiciaire qui avait défrayé la chronique quelques années auparavant. J'ai toujours pensé que le cinéma produisait régulièrement ce genre de films comme les fortunés ont leurs œuvres, ça permet de prendre des airs graves dans les médias et de montrer à ceux qui peinent que, sous les chemises à cols cassés du septième art, il y a des cœurs de citoyen qui battent, derrière les lunettes noires, des consciences qui pensent dans le bon sens.

Ce rôle m'a valu un César. Premier film, premier rôle principal, et la récompense suprême, je n'avais plus qu'à me coucher. Je n'avais pas trente ans. Je me souviens d'un convenu qui m'avait certifié que la réussite dans ce métier commence avant trente ans, c'était absurde mais le soir du couronnement cette pensée a resurgi de derrière mes fagots et, César en main, j'ai poussé un énorme soupir de soulagement.

J'avais tout donné pour ce personnage, amaigrissement, séchage, musculation, isolement, cours de boxe, coach, tout, à l'américaine, deux ans d'entraînement et, au bout de tout ça, la profession debout un soir de février dans le rouge et or d'un théâtre parisien.

J'étais inconnu au bataillon et la presse du lendemain parlait de moi comme d'un Robert De Niro français, rien que ça. Dans les coulisses de cette soirée d'autocongratulation, un producteur rondouillard aux cheveux peroxydés me serra la main, *Alors toi, tu débarques comme ça… ?* Et puis il est parti en me donnant sa carte comme on refile une entrée gratuite.

Je n'ai pas bien compris ce qu'il voulait me dire. Mais ce soir-là, je ne comprenais pas grand-chose de toute façon, mon zinc traversait une zone de turbulence, mes compas s'affolaient, on me sollicitait de toute part, les photographes aboyaient mon prénom, des micros prolongeaient des bras endimanchés, des caméras en plein phare me faisaient cligner des yeux, des filles très jolies m'indiquaient des chemins que je n'arrivais pas à retenir, il fallait que j'attende là, que je repasse derrière, que je suive la moquette rouge, mon gros téléphone en plastique orange affichait une nuée de messages que mes yeux effarouchés peinaient à déchiffrer.

Je n'avais pas trente ans, personne ne me connaissait et voilà que je surgissais dans les mirettes et les paillettes du système Canal tel Kaspar Hauser un lundi de Pentecôte dans les rues de Nuremberg.

La grande famille du cinéma français réunie au Fouquet's tâtonnait. Elle ne savait pas trop par quel bout prendre cet apatride qui débarquait sans prévenir. Dans ce restaurant qui placardait tout en Harcourt nos mythologies, les grands fauves lustrés en attente d'un cadre peinaient à me laisser une place autour du point d'eau.

Mon agent assurait le ravitaillement en champagne et denrées consommables. De temps en temps, elle revenait de ses navettes en poussant devant elle un demi-fauve, une hyène ou un lycaon qui voulait me saluer. Coincé sous une photo de Gabin-notre-père-tout-puissant et entouré de plantes vertes, dos au mur pour voir venir, j'étais aussi détendu que Stanley Baker attendant une charge zouloue.

Parfois, une fée en robe longue apparaissait furtivement devant mes rétines, j'étais sur le chemin des toilettes, ceci expliquant peut-être cela. Surprise, elle félicitait le lauréat coincé sous son ficus… *Ah, mais vous êtes…*

Une protubérance littéraire au regard de poule citant les auteurs comme d'autres ont des remontées gastriques me conseilla de ne jamais abandonner le *théââââââtre, car le théââââââtre c'est la vérité de l'acteur, mon ââââââmi*, puis la matrone du cinéma hexagonal sur la route du grand soulagement se fendit d'un compliment débité sur un ton presque réprobateur. Elle avait une certaine façon de répéter *excellent !* comme on donne un coup de marteau, *Excellent, vous êtes excellent !*, elle clouait ce mot qui sortait de ses lèvres gonflées de peur de vieillir. Un peu à la manière des tapissiers qui se collent une poignée de semences dans la bouche afin de les recracher à la demande, elle avait une provision d'*excellents* dans ses bajoues.

Moi ce que je voulais entendre, c'est *J'aimerais beaucoup faire un film avec vous, j'espère que l'on va tourner ensemble un jour, je vais vous présenter Claude Sautet,* du simple, du direct. Entre acteurs, ça se dit, mais là au Fouquet's on me félicitait en me laissant à distance, une bonne distance, respectueuse et neutralisante. De toute évidence, je dépareillais.

J'eus l'intime conviction ce soir-là que je ne serais jamais vraiment un des leurs.

Je revoyais défiler devant moi ces aristocrates rencontrés en province lors d'un tournage. Le propriétaire du château qui nous servait de décors, une fois la journée terminée, m'avait urbainement proposé de rester dîner avec lui et *quelques amis.* Curieux, j'avais accepté tout en lui faisant remarquer que je n'étais pas spécialement habillé pour la circonstance. *Ce sera en toute simplicité,* me répondit le châtelain, cette formule ne parvenant pas à me rassurer. Assis sur mon récamier, les doigts dans le bol de cacahouètes, j'observais ces *chers amis* arriver par couples. Ils avaient en commun de posséder cet art subtil de vous saluer tout à fait civilement en vous toisant, un imperceptible petit balayage du regard qui vous reléguait instantanément en division roturière.

Ce soir-là au Fouquet's, j'étais aussi à l'aise qu'un paysan convoqué à Versailles devant le roi Soleil, je suais le Zambèze sous chaque aisselle, ce smoking de location convoquait des heures douloureuses de costume trop grand et passé de mode enfilé à coups d'épingles et d'ourlets collés au fer à repasser pour le mariage d'une cousine.

Ce soir-là, mes pieds gainés dans des chaussettes fines comme des bas Nylon passaient leur temps à essayer de retenir une paire de suppositoires noirs et vernis. Une ceinture de soie et un nœud papillon venaient compléter la panoplie. Harnachés de la même façon, les autres acteurs me paraissaient beaux et élégants, moi, j'avais tout de la Renault 12 qui veut se faire passer pour une Ferrari.

Une actrice américaine, récompensée pour avoir eu la gentillesse de traverser l'Atlantique, semblait attendre avec impatience un chauffeur afin d'aller se coucher dans son palace parisien. Assise à trois chaises de moi, étrangement seule, elle semblait exclue de la fête. Elle m'a rendu mon sourire tellement gentiment qu'en un quart de seconde je me voyais partir aux États-Unis avec elle, peaufiner mon anglais dans son lit tendu de soie rose et tenter d'incarner la légende du *frenchy* amoureux devenu star. Mon deuxième sourire qui devait tout déclencher s'adressa à une plante verte, elle avait disparu.

Le film fut un échec commercial, mes lendemains cinématographiques ont donc été décevants, ce monde aime le talent mais il préfère le succès.

Magalie regrettera plus tard les phrases de triomphe pleines de bulles et d'excitation prononcées ce soir-là devant tous les producteurs qu'elle réussissait à alpaguer, vantant les mérites de son poulain prometteur.

Magalie, c'est Magalie Leroy, mon agent artistique. On a le même âge, nous avons démarré ensemble. Elle débarquait de La Rochelle avec sa collection de magazines *Première* et cette lubie en tête, devenir agent d'artistes. Après un stage chez Artmédia, elle fut engagée, une sérieuse qui rend des copies propres, heureuse d'être sous-payée, ça ne se refuse pas.

Elle m'avait repéré au Conservatoire, c'était sa première mission, elle n'était encore qu'une assistante. L'exercice rebutait les agents qui préféraient envoyer leurs adjoints tout neufs pour affronter les trois jours de scène et de travaux. J'avais obtenu mon petit succès avec la tirade des « Non merci ! » de *Cyrano*, mais elle me bredouilla, toute rouge sur le trottoir, que mon travail de masque sur *Arlequin, serviteur de deux maîtres* de Carlo Goldoni l'avait davantage impressionnée. Je lui fis remarquer qu'elle me préférait masqué plutôt qu'à visage découvert. Confuse et cramoisie, elle s'embourba dans des explications qui s'achevèrent en baisers fougueux sur le matelas de ma soupente.

Le lendemain matin, aussi gênés l'un que l'autre, on convint qu'il serait sans doute préférable, si l'on voulait travailler ensemble, de ne plus coucher ensemble. Le silence et la nervosité qui s'abattirent sur elle après cette décision collégiale mais qu'elle avait seule formulée me laissèrent supposer qu'elle aurait sans doute préféré que mon approbation fût moins rapide et spontanée.

Je n'ai connu qu'elle. En trente ans de métier, ce n'est pas faute d'y avoir pensé, je n'ai jamais changé d'agent, par flemme. Elle est devenue au fil du temps et de mon inactivité cinématographique comme une cousine, la marraine de ma fille. La famille. Le travail était un sujet délicatement évité lors de nos conversations, et quand je me risquais à lui poser une question sur les projets en cours elle me répondait invariablement que ce métier devenait de plus en plus difficile, alors on passait à autre chose. Elle débarquait toujours chez nous avec des spécialités glanées sur des tournages, me renseignant ainsi sur toute cette activité qui se passait de moi. Elle n'a jamais eu d'homme dans sa vie. Quelques sapajous de la profession, en l'absence de proies plus appétissantes, ont dû se laisser aller à la tripoter en fin de festival. Elle ne m'a jamais parlé de sa vie sentimentale. Ni belle ni moche, seule avec ses chats et ses talents, soupirait-elle parfois. Une vie à essuyer des pleurs et calmer des frustrations, des colères d'opérette et des jalousies d'opéra. Parfois, je me dis que j'ai dû être le seul homme dans sa vie.

Magalie connaissait mieux l'emploi du temps de ma fille que moi. Après ma séparation, elles sont devenues inséparables, des liens familiaux sans le poids de la famille, mère fille sans être mère ni fille, comblant mutuellement de douloureuses absences.

Elles avaient leurs habitudes, leurs sorties, entre déjeuners dans des salons de thé chiants comme des messes en latin et séances de shopping excité. Ma fille me remplaçait souvent pour l'accompagner aux premières, Magalie lui confiait alors des messages professionnels qu'Héloïse se faisait un plaisir de me répéter au petit déjeuner : si j'étais venu, j'aurais pu croiser Untel qui m'adore, je devais penser à rappeler Machin qui prépare son long, lui faire savoir si j'avais pris le temps de lire la pièce de Truc qui était là hier soir.

Voilà, je suis comédien. Je suis même un peu connu. Surtout depuis l'affaire.

Je l'étais avant mais il fallait être du sérail. Les gens me regardaient en se demandant où ils m'avaient vu, au boulot, chez le dentiste, derrière un guichet à la banque… En général, ma voix venait remettre les souvenirs en ordre. On reconnaissait plus souvent ma voix que mon visage.

Ah mais vous êtes Albert Stefan ? Oui. Je vous ai adoré dans Le Maître des forges *! Merci… et surtout dans* Plus belle la vie.

Ah non, là, ce n'était pas moi.

Le genre de célébrité qui vous permet de prendre le bus sans problème. J'adore prendre le bus, j'ai toujours détesté m'engouffrer dans le métro, je connais les lignes de bus par cœur. On y voit mieux les gens. Dans le métro, tout le monde manipule son téléphone tête baissée, dans le bus les passagers regardent Paris défiler. Le mal des transports et la beauté de cette ville font lever les têtes et laissent les smartphones dans les poches. Et c'est pas mal de regarder Paris, Paris et la foule qui s'y perd, qui file entre les gouttes, j'aime ces arrêts dans la densité qui font tomber votre regard dans des yeux de hasard, une fugitive beauté baudelairienne vous fait renaître le temps d'un soupir mécanique.

Les gens étaient plutôt enclins à me sourire gentiment. Petite, ma fille aimait beaucoup me rapporter en chuchotant, lorsque nous marchions d'un pas de trop tard pour aller à l'école, que la dame s'était retournée et m'avait sans doute reconnu. Devenue grande, ses foulées se sont allongées.

Des petits signes de tête, parfois une réplique tirée d'un film ou d'une pièce juste avant de sortir d'un magasin ou du bus, un pouce levé avec un clin d'œil en renfort, voilà ce que suscitait ma célébrité. On était loin de l'émeute mais ça m'allait bien. C'est l'avantage des films pas trop cons qui ne marchent pas, ils vous collent une notoriété de conseiller d'État, mais dans le même temps vous gratifient d'une petite communauté de gens sympathiques et discrets.

Un jour de grand vent d'optimisme et de contentement de moi-même, un vendeur de chaussures au moment de payer me demanda en souriant un autographe, j'affichais alors le petit sourire de l'artiste touché d'être reconnu avant de m'enquérir du nom du destinataire, le vendeur me regarda incrédule et me retourna *Ben le vôtre, c'est pour le ticket de carte bleue.*

Chaque fois que je me suis laissé aller à croire en moi, je me suis pris des déconvenues immenses. Comme si j'avais au-dessus de ma tête rêveuse un ciel menaçant qui m'obligeait à courber l'échine en pressant le pas avant l'ondée, une sorte de fatalité qui m'a toujours poussé à me renfermer par crainte d'être déçu.

Je m'appelle Jean Damiens. J'ai cinquante-sept ans et je vais mourir ce soir.

Albert Stefan est mon nom d'acteur.

Jean Damiens, un patronyme qui ressemble à un prénom composé. À chaque rentrée scolaire, c'était la même rengaine, *Jean-Damien comment ?* ironisaient mes labadens. J'aime bien ce mot, « labadens », je l'ai trouvé un jour chez Labiche et depuis je le recase chaque fois que je peux. « Rude à pauvres gens », j'aime bien aussi. Les pièces de théâtre m'ont fait adopter tout un tas d'expressions surannées qui faisaient souvent rire ma fille. Et j'adorais faire rire ma fille. C'était même mon activité principale. Ce soir, au dîner, je n'ai pas réussi à soulever ce voile de tristesse qui floutait son visage.

Dans ma province normande, je suis une gloire, plus on se rapproche de ma rue d'enfance et plus je suis connu. Pont-Audemer dans l'Eure est donc l'épicentre de ma notoriété.

Je me suis longtemps creusé les méninges pour me trouver un nom d'artiste, j'étais à deux doigts de garder le mien par manque d'idées lumineuses mais également, et peut-être surtout, parce que je ne me voyais pas, dans quelques années, revenir chez moi en comédien raté, l'état civil pleurant le mascara, et ajouter à l'échec d'une vie rêvée le ridicule d'un pseudonyme qui me collerait désormais au chagrin comme un bouton de fièvre, emblème boursouflé et ridicule de ma déroute.

À l'aube de ma carrière, encore élève au Conservatoire, une directrice de casting aux cheveux gras s'est crue autorisée depuis sa caméra à me signaler que Jean Damiens ne marcherait jamais, *T'irais voir un film avec un Jean Damiens en tête d'affiche ?*

Je ne sus pas quoi répondre alors elle profita de mon silence pour me souffler dans une brume de cigarette *Ben, tu vois, moi non plus*. À la suite de ce rendez-vous déstabilisant, j'ai passé une bonne partie de la nuit à me chercher un nom, persuadé qu'elle avait raison. Le manque de légitimité m'a longtemps fait croire que tout le monde avait raison. J'ai pensé furtivement trouver la combine avec le nom de jeune fille de ma mère, Prentout, mais immédiatement, en y accolant mon prénom, mes espoirs sont tombés à la baille. Baye, Noiret, Depardieu, Bohringer, Giraudeau, ils ont fait comment ? Je tournais et retournais mes angoisses existentielles dans le sac de couchage qui à l'époque me tenait lieu de couette, j'étais en deuxième année de Conservatoire et convaincu que si je ne changeais pas de nom cette nuit je n'y arriverais jamais. Vers trois heures du matin, l'illumination ! Aucun nom mais une idée. La réponse se trouvait sur les boîtes aux lettres de mon immeuble, j'allais trouver, c'était certain. J'enfilai un jogging et je descendis de mon septième étage pieds nus, le cœur battant. Je m'étais imposé une obligation de résultat, je m'autorisais à prendre un prénom sur une boîte et le nom sur une autre. Il y avait un Raymond Lepêcheur, une Sophie Benamon, Benamon, Jean Benamon, ça faisait trop vieux, Étienne Schmitt, Schmitt, je le retins. Les pieds gelés, je continuais, un couple rentrait de soirée, un bonsoir jeté par-dessus l'épaule. Pour me donner une contenance, je m'occupais de ma propre boîte aux lettres. Ils gloussaient en se papouillant, me regardaient bizarrement, ils prirent leurs courriers puis m'adressèrent un salut rigolard avant de disparaître dans l'escalier. Julie et Stéphane Recordet, c'était le nom du petit couple bambocheur, Stéphane, c'était hors de question, mais soudainement me vint *Lettre d'une inconnue* de Stefan Zweig, Stefan avec un f, je l'associais immédiatement en me dandinant d'un pied mort à un pied en passe de l'être au Schmitt déjà repéré, mais ça sonnait trop Autriche-Hongrie, et puis en repassant devant les premières boîtes je découvris un Albert Fleury qui m'avait échappé, bingo, Stefan devint nom de famille et Albert mon prénom. Albert Stefan, Albert Stefan, Albert Stefan, Albert Stefan, l'escalier résonnait de ce nouvel état civil.

Le bout de nuit qui restait fut consacré à inventer une histoire pleine de vents d'est et de déplacements de population, de familles pulvérisées par les idéologies exterminatrices, par les utopies tables-rases, par les frontières en fils de laine. L'Europe regorge jusqu'à la nausée de ces diasporas familiales, j'en rajouterais une, noyée dans le surnombre, on y verrait que du feu. Et la chose fut faite aux premières lueurs de l'aube.

Restait à compléter la case nom d'artiste de mes fiches du Conservatoire.

Fichu métier qui vous oblige à mettre la charrue avant les bœufs.

Le cinéma m'a lentement abandonné, comme un aïeul placé en maison de retraite. Les visites régulières des premiers mois se sont espacées, puis les oublis se sont additionnés, le remords bricole des excuses, et c'est l'oubli.

Le cinéma s'est détourné de moi, méthodiquement, à force d'espoirs vendus par des réalisateurs sur le retour qui vous promettent des lunes qu'ils n'atteindront plus jamais, à coups de metteurs en scène démiurges en quête de virginités malléables, de sang neuf, à coups de jeunes cinéastes pleins de fougue qui n'imaginent que vous mais qui ne trouveront jamais le financement, à coups de modes, à coups de rendez-vous qui ne donnent rien, à coups de castings mal fagotés, à coups de plannings de théâtre qui ne collent jamais avec celui des films.

Mais maintenant, depuis l'affaire, le cinéma français me hait.

Ils m'en veulent, tous.

À l'approche de la cinquantaine, le cinéma pour moi se résumera à une coloscopie tous les cinq ans.

Alors je vais dire au revoir à tout ce petit monde.

Il aurait fallu se montrer reconnaissant et savoir faire défiler son envie de jouer comme un caniche de concours, vendre ses atouts, réveiller la pute à paillettes ou le fayot du premier rang qui lève le doigt pour réciter sa leçon, oser les compliments gros comme des courges de fin d'été mais qui parviennent toujours à faire tomber un bout de fromage. Insister, prévoir, anticiper, courir les avant-premières, collectionner les numéros de téléphone comme les vignettes Panini, fréquenter les tanières où de faux solitaires cernés d'admirateurs cuvent leur aigreur au Chivas, trouver des combines pour arpenter la Croisette, les planches deauvillaises, ou les pistes de l'Alpe d'Huez, sourire en dents blanches quand on vous claque un rôle au nez, bâillonner son orgueil devant des ignorances qui vous font faire des essais, cramer son amour-propre en suppliant pour en faire, retourner ses poches pour des *books* jamais feuilletés ou des démo soigneusement ignorées, arriver trop tard sur des projets déjà pliés et laisser des messages sur des répondeurs qu'en ont rien à foutre.

Moi, je n'ai jamais su. Ma carrière en témoignera.

Juste après mon César, en privé, les producteurs que je rencontrais me certifiaient leur envie de faire un film avec moi, mais au moment de le prouver il n'y avait plus personne, il se trouvait toujours sur mon chemin un acteur plus identifiable, plus beau, plus jeune, plus tourné vers le succès, les plumes dans le sens du vent. Des plus en vue. J'ai eu le tort de croire que mon travail suffisait. C'était de l'orgueil, je le sais bien…

Et puis je me suis menti. Je me suis rêvé à moi-même. J'ai plus vécu dans mes songes que dans ma réalité.

Je me suis inventé des vies sans jamais commencer le plus petit début de quelque chose. Chaque soir en me couchant, je refaisais le monde comme un réalisateur mécontent qui se paye le luxe de retourner ses scènes bâclées. Écolier, une fois couché dans mon lit, je cassais la gueule des couillons qui m'avaient emmerdé pendant la journée. Je légendais ma petite existence aux mâtines scolaires. Sur trois camarades de classe, pas un n'avait la même version de mes péripéties. Mes draps bouchonnés m'écoutaient sombrer dans le sommeil en soldat, aviateur, résistant poursuivi par les boches, arrêté, torturé, je ne parlais pas évidemment, plus tard, avocat en robe noire pointant du doigt l'absurdité du monde, j'acquittais sous les larmes et les applaudissements, président de la République, espoir d'un peuple attendu au coin d'une foule en liesse par un fusil à lunette, marin mal rasé du Vendée Globe ou corsaire à la tignasse blonde. Chaque soir, je comblais mes attentes par une boulimie d'histoires dans lesquelles je tenais le premier rôle, et chaque matin je me réveillais suffisant et repu. Je commençais mes journées la conscience déjà rassasiée. Je n'ai jamais su montrer aux autres ma faim, mes envies ; la peur de l'échec me faisait garder mes distances, mais le cinéma réclame des gosiers affamés, des becs largement ouverts aux couleurs vives attirant le vermisseau. Dans une portée d'oisillons, celui qui reste en retrait ne survit pas.

De se mentir à soi-même à mentir aux autres, il n'y a qu'un pas et ce pas, je l'ai franchi très tôt. Tout petit, j'ai carabistouillé, poussé par un instinct boiteux j'ai tordu le cou à la moindre vérité comme on arrache les ailes des mouches. Je brodais, j'effilochais le vraisemblable. La réalité m'a toujours pesé. J'agrémentais. Répondre aux questions sans fièvre des adultes, lever les yeux vers des hauteurs suffisantes m'assommait, alors je faisais grimper la température. Chaque petit décalage avec la vérité m'ouvrait des pages blanches et je salivais à l'idée de les remplir. Poussé par un vent contraire, je m'approchais du vide et j'aimais ça. Je n'ai jamais inventé des embrouilles à coucher dehors, ma spécialité était le pas de côté, le crochet, la glissade, le petit accroc qui attire l'attention.

J'étais l'enfant du milieu, deux frères avant moi, deux frères après. Cinq garçons, Jean-Michel et Jean-Marc, pour les aînés, Jean-Philippe et Jean-François pour les cadets. Et moi, Jean tout court, le point de bascule. La raison de cette litanie de Jean était un arrière-grand-père du côté paternel qui avait combattu à Verdun aux côtés du lieutenant-colonel Driant, Jean Damiens, chasseur, un des rares survivants du bois des Caures. Il revint de cet enfer sans ses guiboles en vouant un véritable culte à Driant mort au combat. Émile Driant qui écrivit sous le nom de capitaine Danrit toute une série de romans d'anticipation à la Jules Verne mais en plus guerrier. Le 22 février était pour cet aïeul un jour de recueillement, tout s'arrêtait pour lui. Mon père s'est monté le bourrichon avec son grand-père qu'il n'a pourtant que brièvement connu et voilà comment nous nous sommes vus affublés de ce patronyme décliné en composé, seule concession que ma mère a réussi à lui arracher sinon nul doute qu'on se serait appelé Jean, Jean bis, Jean ter, Jean quater et Jean quinquies…

Mais dans cette armada, le seul qui aimait vraiment notre mère, c'était moi. Mes vêtements n'étaient jamais neufs, mes maladies non plus, mes notes bonnes ou mauvaises se comparaient invariablement à de plus mauvaises et à de tellement meilleures, mes bêtises avaient un goût de déjà-vu, et dans cet univers d'ourlets et de manches trop longues, de souliers qui peuvent encore servir, dans ce quotidien prémâché, je n'avais pas d'autres solutions que de m'inventer pour exister, c'était une question de survie.

Quand mon père était encore à la maison, nous étions sept à table, deux camemberts chaque soir, trois paquets de pâtes, les steaks hachés s'achetaient en barquettes promotionnelles surgelées ; jusqu'à mon arrivée à Paris je n'ai mangé de poissons que rectangulaires et panés, ma mère était la reine des soupes et des restes à finir, le pain était notre aliment préféré, huit baguettes par jour, trois au petit déjeuner, deux au déjeuner et trois au dîner. Notre père, musicien, gagnait correctement sa vie, son instrument était la clarinette. Il faisait partie de l'orchestre du Théâtre des Arts à Rouen et donnait des cours particuliers sur son temps libre. Pour parachever son absence, il jouait régulièrement dans plusieurs formations klezmer, un courant d'air, ce père qui ne retrouvait pas son foyer mais concédait quelques arrêts au stand comme les voitures de course. Notre mère assurait l'intendance. Elle avait commencé sa vie en se rêvant comédienne, ils se sont rencontrés dans un théâtre, elle vouait un culte à

Tchekhov mais, face à l'avalanche de garçons qui lui plombaient le ventre tous les deux ans, elle avait fini par jeter son rêve et Anton au fond d'une panière à linge sale. Seule survivance de cette vie de rideaux rouges, les samedis, nous regardions *Au théâtre ce soir.* Mes frères s'ennuyaient à mourir devant ce programme et reprenaient vie lorsqu'une jolie comédienne sortait d'une chambre ou d'un placard en sous-vêtements. Entremêlés, maman et moi, nous dévorions des yeux Jacqueline Maillan, Jacques Jouanneau, Marthe Mercadier, Michel Roux, mes frères se goinfraient de gâteaux secs et nous de répliques, de ruptures et de regards publics. C'est donc un samedi soir, blotti sous l'aile gauche de ma mère sur le grand canapé d'angle en velours marron, que j'ai décidé de devenir comédien, je me souviens le lui avoir murmuré sans oser la regarder. Son bras s'est fait soudainement plus lourd. Passé quelques minutes, je me suis tordu le cou vers ses yeux, j'ai pu voir deux larmes épaisses descendre lentement le long de ses joues, une seule d'entre elles est venue s'échouer sur mon visage en contrebas. Et puis il y eut du silence. Les jours qui suivirent ma mère se montra dure et autoritaire avec moi. Je faisais tout mal, je ne rangeais rien, je ne travaillais pas à l'école, je ne l'aidais pas assez, elle me regardait à peine sans doute pour éviter de lire dans mes yeux les conséquences de ses remontrances.

Trois longs jours plus tard, elle profita d'un ramassage de vêtements qui traînaient dans ma chambre et de l'absence de mes colocataires de frères pour me prévenir de n'en rien dire à mon père. Puis elle me serra dans ses bras et me fis jurer de réussir dans ce métier, et pour elle réussir signifiait jouer un jour Ivanov.

Mon père n'aimait pas les artistes, on peut même dire qu'il les détestait, ses passages à la maison étaient toujours l'occasion d'égrener sur la table de la cuisine un chapelet d'animadversions à l'encontre de ses confrères de l'orchestre. Il pestait avant même d'enlever sa casquette irlandaise et sa petite sacoche en cuir qu'il portait en bandoulière et qui croisait une autre bandoulière, celle de l'étui de son instrument, lui donnant des allures de soldat revenant d'une guerre de pacotille. Ses diatribes avaient pour but de nous faire comprendre que ses voyages incessants n'étaient pas une partie de plaisir, que son métier n'était pas une suite de moments divertissants, que sa vie n'était pas facile. Lorsque la source de mécontentement se tarissait, il embrassait enfin ma mère comme un Viking pressé, il lui réservait un petit mot gentil et s'enquerait en guise de bonjour de nos résultats scolaires. Une fois les bons et les mauvais points distribués, il montait dans sa pièce, une soupente où personne n'avait le droit d'entrer sans frapper et qui en son absence demeurait infailliblement verrouillée, en ressortait le soir pour dîner, silencieux et pensif. Je ne sais pas si ma mère était réellement heureuse de le voir ou si elle jouait à l'épouse rassurée par le retour de son homme. Il lui rapportait toujours quelque chose, une bricole censée porter un message d'amour, mais souvent la mission était trop ardue pour le présent mal ficelé qui sortait de sa besace, une babiole achetée à la sauvette dans un hall de gare. Ma mère s'émerveillait chaque fois et s'employait à trouver à l'objet une place de choix dans le meuble du salon et moi, je le maudissais, il me faisait penser à ces explorateurs qui sortaient leur verroterie devant des Indiens abasourdis.

J'ai connu cet homme jusqu'à l'âge de seize ans. Un soir où il devait rentrer d'un concert au Havre, on avait dû commencer le repas sans lui, et on l'a fini sans lui. Le téléphone a sonné, ma mère a décroché et s'est effondrée dans l'entrée, à côté du meuble à chaussures. Une meute de fils s'est alors précipitée, dans un tintamarre de couverts chutant dans les assiettes et de chaises tombées à la renverse, pour la relever, mais elle nous supplia de la laisser là, elle voulait rester par terre. Nous nous assîmes alors autour d'elle en plein désarroi, comme une brochette de scouts autour d'un feu de chagrin, les regards inquiets. Après un long silence mouillé, elle nous bafouilla que notre père ne reviendrait pas, qu'il nous quittait... tous.

Je fus le moins effondré des cinq fils, dire que je m'y attendais aurait été un peu présomptueux de ma part, mais cette séparation par téléphone que je jugeais immédiatement de la plus grande lâcheté était sans nul doute un aboutissement logique. Un arbre qui penche finit par tomber. Je me suis toujours demandé ce qu'elle faisait avec cet homme et longtemps je lui ai cherché des alternatives amoureuses, je passais des heures à brosser des portraits masculins pour lesquels elle aurait pu larguer les amarres. Toutes les mains gauches un peu poilues et sans alliances qui passaient devant mes yeux retenaient mon attention apparieuse, mes plus beaux panégyriques, je les réservais aux pères de mes amis.

Mais attendait-elle quelqu'un d'autre ? Je crois que ma mère avait remisé l'intégralité de ses rêves dans les bacs en plastique qui contenaient notre linge séparé par couleur, dans les rayonnages de conserves, les plannings hebdomadaires des corvées ménagères aimantés sur le frigidaire. Ses pensées vagabondes n'avaient que son unique pause cigarette de seize heures trente, après le dernier café de la journée *Sinon après je ne dors pas*, mais la fenêtre de tir était si étroite que ses espoirs de vies meilleures piétinaient, se marchaient dessus, s'empoignaient pour parvenir à la conscience, un massacre de réminiscences qui tombaient, exsangues, avec les cendres de sa cigarette que des pichenettes nerveuses envoyaient valser dans le jardinet pollué de vélos et de ballons de foot. Et lorsque son mégot soigneusement éteint sous un filet d'eau rejoignait la poubelle, c'en était fini.

C'est comme ça que je suis devenu l'homme à tout faire de la maison. Ma mère entra en dépression, et ce fut pour moi la période la plus heureuse de ma vie, je devenais son indispensable.

C'est moi qui eus les faveurs de ses paroles molles, elle me donnait depuis son lit des listes de commissions et de corvées ménagères que je répartissais entre mes frères. Je me suis mis à cuisiner. Je préparais des plats tout en faisant des allers et retours à l'étage pour qu'elle se penche sur une casserole, qu'elle risque un doigt épuisé dans une préparation, mais elle ne sentait plus rien, la vie s'était retirée d'elle, plus de goût, plus de nez, mon père l'avait siphonnée comme un voleur de carburant. La seule chose qui importait pour elle, c'est que la maison soit silencieuse, alors nous avons mis une sourdine sur nos adolescences. Nos cris sur le chemin du retour de l'école s'arrêtaient net à l'angle de notre rue, on terminait nos excitations comme on fume une cigarette en cachette, à coups de bouffées étourdissantes, et puis la procession de frangins rentrait au bercail en se déchaussant.

Les repas sans le père devenaient des moments intenses de parlottes à voix basse, nous nous découvrions les uns les autres en chuchotant, on osait les questions et les blagues, comme si on avait levé d'un coup un drap pesant. Sans lui, la table redevenait tablée, on se parlait enfin, on riait, chose impossible avant car lui seul donnait le ton des dîners, nous nous contentions de sourire à ses traits d'esprit qui nous échappaient la plupart du temps.

Lorsque la vie tonitruante tentait une percée dans notre atmosphère monacale, notre mère nous suppliait depuis l'étage de parler moins fort, alors l'un de nous se levait de table pour aller l'embrasser et lui promettre de faire attention. Nous organisions des roulements afin que chacun ait l'occasion d'aller la voir pour une véritable raison, elle ne voulait pas que l'on s'apitoie sur elle, elle détestait les *Ça va maman ?* appuyés au chambranle de sa porte.

La maison devenait un repaire de garçons libres, pas toujours gais mais libres, nous étions une fratrie naufragée, sur une frégate sans capitaine, c'était *Deux ans de vacances* de Jules Verne, on se débrouillait pour tout. Après quelques catastrophes de pulls rétrécis, de casseroles noircies, de pannes en tous genres, nous étions parvenus à faire tourner la maison à peu près correctement. Au cœur de ce phalanstère de frères, des colères éclataient parfois, toujours en sourdine, des empoignades, mais les larmes d'un plus petit venaient mettre un point final aux débordements suscités le plus souvent par un mauvais vent de chagrin.

Notre père nous avait quittés, alors je décidai de m'en inventer un autre.

J'affublai ma mère d'un amant, un comme on les aime, de passage et qu'on ne revoit plus, un bon gars à l'accent québécois, instituteur venu s'échouer à Pont-Audemer le temps d'une année scolaire. Ils s'étaient rencontrés dans un salon de coiffure, lui venait pour sa barbe de bûcheron, elle pour sa permanente, il la fit rire avec son allure de caribou gêné aux entournures sous les plafonds bas-normands, elle l'émut en lui racontant ses rêves échoués, pressée par ses questions sirupeuses. Ils se sont revus sans salon de coiffure, sans regards inquisiteurs dans les miroirs, sans pipelettes. La veille de son départ, ils en sont venus aux mains caressantes en plein marais Vernier à l'arrière d'une 4L qu'il appelait son char, et puis il est parti et, neuf mois plus tard, je déboulais.

Voilà, ça m'allait mieux comme ça. Tout s'expliquait. Ma gueule, ma pilosité, et ce Jean tout court, comme si l'autre avait senti la supercherie, il n'y avait que ma taille qui ne collait pas.

Mes copains d'école avaient juré de ne rien dire. J'ai encore en tête leurs yeux de poisson rouge gonflés d'envie, leurs pupilles jalouses me scrutaient et semblaient me dire que j'avais de la chance d'avoir un peu d'exotisme dans le sang. Je les achevai en leur déclarant qu'après le bac j'irais au Canada pour le retrouver et que je m'installerais là-bas et que je ferais de la motoneige avec lui.

Je ne foutais plus rien au lycée. De pas brillant du temps de mon père, je devins résolument médiocre, mais le club théâtre que j'avais intégré me remplissait les poumons de joie. Il était dirigé par un professeur de mathématiques et, rien que ça, ça me plaisait, que l'algèbre s'acoquine aux mots, cela sonnait juste pour moi. Comme la nature qui entremêle tout alors que l'être humain passe sa vie à tout séparer, les légumes dans les potagers, les maisons par des murs de thuyas sculptés, le manuel de l'intellectuel, les torchons des serviettes.

Hiver comme été, cet homme portait des sandales sans chaussettes même au pic des rigueurs hivernales. Perpétuellement enrhumé, il mouchait un nez scarifié de varicelle dans une sorte de serviette qui, une fois fourée dans sa poche droite, formait un œdème de velours à grosses côtes sur sa hanche. Avec lui, on explorait Shakespeare, il estimait que nos têtes étaient suffisamment farcies de Molière pour se permettre de traverser la Manche.

D'ailleurs, M. Desgrandchamps, car tel était son nom, avait rebaptisé *Globe Theater* la salle polyvalente du lycée Jacques-Prévert. Forts de ses indications géométriques, nous devions avant chaque séance redessiner au sol, après avoir poussé les tables et empilé les chaises, le célèbre O de bois shakespearien autour duquel nous nous répartissions pour regarder nos camarades.

Il utilisait régulièrement les mathématiques pour nous éclairer, raisonnement par l'absurde, transitivité, recherche d'inconnue, il faisait feu de tout ce bois mort qui nous accablait en cours et qui là, dans ce cercle magique par la grâce de William et de cet homme enrhumé, reprenait vie. Ainsi nous progressions en mathématiques sans nous en rendre compte.

C'est dans ce cours que j'ai rencontré Sophie, Sophie Boulard, une frêle, une brindille de fille, toute menue, belle comme un moineau, timide et encombrée comme moi. Elle était en seconde C et moi je refaisais un tour de manège, nous nous souriions beaucoup, d'abord de loin et puis, poussés par des circonstances désirées et parfois même orchestrées, nous rapprochâmes en catimini nos béatitudes en laissant de moins en moins de chaises entre nous. M. Desgrandchamps mit fin à nos danses d'approche en nous pressant de travailler la scène du balcon dans *Roméo*, nous n'avions plus d'échappatoire. Dès lors nous nous sommes vus en dehors du cadre scolaire, nous avions la plus belle et la plus réglementaire des raisons pour courir l'un vers l'autre, le goûter coincé dans la bouche, nous devions répéter notre scène, injonction professorale qui fermait les clapets parentaux et ouvrait toutes les portes.

J'aimais bien aller chez elle, c'était grand et cossu, son père était directeur de la plus grosse tannerie de la ville, un homme qui tenait la vie d'une centaine de familles entre ses mains. Je n'avais jamais vu de maison aussi grande, tout le monde avait sa pièce, et il en restait, l'une d'elles fut transformée en théâtre par nos soins excités, quelques palettes de bois récupérées dans l'usine paternelle, quelques rideaux retirés sans permission d'une chambre inoccupée, un tapis sorti de sa léthargie mansardée et nous pouvions œuvrer.

Sa mère était d'une grande beauté et d'une tout aussi grande douceur, ses mains blanches et fines volaient devant moi comme deux papillons, elle sentait bon, je la voyais toujours en train de lire. Je n'ai jamais vu ma mère ouvrir un livre, elle n'en avait pas le temps, et si elle l'avait eu, je crois qu'elle aurait eu peur d'y découvrir que ses rêves pouvaient devenir réalité pour d'autres. Elle y aurait certainement lu en creux sa vie ratée.

Et puis pour lire, il ne faut pas avoir des marées hautes de lessive à faire, des collines de linge à niveler, des plaines de carrelage à faire briller ; pour lire, il faut avoir un mari fortuné et une grande maison où des mères comme la mienne s'emploient à votre place aux tâches domestiques. Je pensais ça en la regardant mais la grande beauté de cette femme m'empêchait d'en éprouver le moindre ressentiment social, je le constatais en essayant de calmer mes envies de transfuge.

Ô Roméo, Roméo ! Pourquoi es-tu Roméo ? Renie ton père et abdique ton nom ; ou, si tu ne le veux pas, jure de m'aimer, et je ne serai plus une Capulet.

Je voulais l'écouter encore et encore et différer ma réponse. C'est ça, le théâtre, pensais-je en l'écoutant des yeux, ça sert à ça et uniquement à ça, entendre des choses que la vie est incapable de vous donner à entendre, mettre des mots sur des absences, élever au sublime ce qui se vit en pénible.

J'avais déjà fait tout ce que me suggérait Juliette, mon père s'était renié tout seul et je détestais mon nom. Si j'avais été l'un des tourtereaux de Vérone, l'histoire n'aurait eu aucun intérêt, en deux pauvres pages, ç'aurait été plié.

J'ai quitté Sophie un soir d'affolement, je m'étais mis en tête de préparer le concours du Conservatoire, je voulais être libre et seul, je lui ai raconté n'importe quoi, et ce n'importe quoi l'a beaucoup fait pleurer. Je ne me suis jamais imaginé pouvoir lui dire la vérité. Elle me semblait conne, cette vérité, elle sentait la trouille et l'ambition. Elle sentait le petit mec qui s'imagine jouer dans la cour des grands, elle reniflait le bouseux qui veut taire sa province parce qu'il monte à la capitale, elle sentait le cartable neuf et les bonnes résolutions qui font plaisir à maman. Je l'aimais mais un instinct de chacal me soufflait que j'allais m'engluer dans cet amour comme dans un remords. Je n'avais aucune certitude de réussite, ce concours était très sélectif mais je devais faire place nette. Je voulais affronter ce défi comme un taureau, de face. Ce concours était une lutte à mort, et comme dans les films il fallait que j'y aille seul, débarrassé de tout ce qui pèse et ralentit. Il n'y avait pas de places dans mon dispositif guerrier pour un baiser, même furtif, pour une parenthèse de caresses, pour un aller-retour à Pont-Audemer le temps d'un week-end. Il fallait rompre.

Le concours fut réussi mais j'ai longtemps regretté ces larmes coulées pour rien, pour du théâtre. J'ai passé beaucoup de soirées parisiennes à l'imaginer près de moi, dans ce studio du XVIIIe arrondissement à deux pas et demi du théâtre de l'Atelier. S'empiffrer de croissants en terrasse les premiers matins du mois, se quitter d'un baiser sur les lèvres pleines de miettes et se retrouver le soir après les cours autour d'une portion de frites molles. Son téléphone ne décrochait plus pour moi et il avait bien raison, je me suis maudit un nombre incalculable de fois.

Après le Conservatoire, la grande maison de Molière, la Comédie-Française m'ouvrait ses portes, la troupe cherchait quelques perdreaux de l'année, ma joie et mon côté provincial mal dégrossi jouèrent en ma faveur. Je signai mon premier contrat. Je voulus le lui dire, qu'elle sache que ce purgatoire amoureux était enfin terminé. C'est sa mère qui s'est chargée de me répondre, j'avais terriblement fait souffrir sa fille, elle me dit très doucement que Sophie était désormais fiancée à un garçon très bien et qu'il ne fallait plus que je cherche à la revoir. Elégante, elle me félicita pour ce parcours qu'elle qualifia de « beau ».

Un beau parcours. J'étais cloué.

Pas grand monde me regrettera. Ma mère est morte il y a deux ans, juste avant l'affaire. Mes frères seront tristes mais un ôté de cinq restent quatre. Mon géniteur l'apprendra peut-être en lisant le journal et je me fous déjà royalement de la consistance du silence qui s'ensuivra. Mon ex-femme fermera définitivement son compte épargne remords et pourra vivre sa vie d'épouse de producteur riche sans cet œil intranquille tourné en arrière, sa dette adultérine définitivement apurée.

Si, ma fille.

Elle seule sera peinée. Hier soir, nous avons dîné ensemble. Nous devions faire un point, j'étais censé justifier les raisons qui m'avaient conduit à la laisser dans l'ignorance. Elle avait appris mon incarcération à Prague sur France Info. Mais face à elle, tous mes arguments se dégonflaient comme des ballons de baudruche un lendemain d'anniversaire, je la regardais, elle m'interrogeait mais ne sortait de ma bouche que du vide... Je voulais disparaître, ne plus lui imposer cette figure de père embourbé dans son manque de reconnaissance, incapable de surmonter ses rancœurs.

Ses petites pupilles intelligentes glissaient régulièrement sur la bouteille de vin que je vidais méthodiquement.

C'est à cause de Gary ?

Elle est brillante. De belles études littéraires. Héloïse s'est construite toute seule, elle a compris très jeune que son père et sa mère ne seraient pas des repères bien fixes, alors elle s'est blindée. Dès l'école primaire, elle s'est mise à lire comme on se met à croire, pas d'amies, pas de petits copains, des bouquins partout, un par jour. En quatrième, elle avait lu plus d'auteurs classiques que sa mère et moi réunis. En ce qui me concerne, j'avais une petite longueur d'avance pour les auteurs dramatiques mais une option théâtre en dernière année de Normale Sup a eu raison de ma faible avance.

Finalement, elle est ce que j'ai fait de mieux. Elle est belle comme peu de filles de vingt-cinq ans le sont, comme peu de femmes, d'une beauté qui ne se donne pas au premier regard comme ces vitrines aménagées qui se prétendent féminines, elle demande du temps pour se révéler, mais une fois qu'elle vous apparaît vous ne pouvez plus oublier son visage. Elle aurait pu croiser la route de Jane Campion, si elle avait choisi d'être comédienne comme son père. Singulière, c'est le mot qui est fait pour elle. Paraît qu'on se ressemble. Portrait craché, disent certains archéologues des visages humains. Personnellement, je ne me suis jamais trouvé ni beau ni singulier. Un comédien quelconque. Jeune, j'attendais la cinquantaine avec impatience et, devenu quinquagénaire, déçu du résultat, je me dis que j'aurais mieux fait de m'aimer un peu quand le printemps soufflait encore dans mes voiles neuves.

J'ai rencontré sa mère dans un petit restaurant derrière le cimetière de Montmartre, à deux pas de là où habitait mon idole, Michel Bouquet. Je devais déjeuner avec un producteur étranger désireux de faire la connaissance de la fine fleur des comédiens nationaux entre vingt et trente ans. Je lui ai raconté mon parcours, mes envies de cinéma et ses yeux s'écarquillaient, je trouvais que c'était plutôt bon signe jusqu'à ce que je découvre que c'était un tic nerveux, comme cette autre manie qu'il avait de mettre la main devant la bouche lorsqu'il riait. Malgré tout, le courant passait bien entre nous, il n'y avait pas de compétition, il n'étalait pas ses réussites, il ne cherchait pas à m'impressionner en déroulant la liste de ses amis célèbres, pas de passage en revue des derniers films sortis, dis-moi ce que tu regardes et je te dirai qui tu es. J'étais encore vert, j'aimais le cinéma mais je ne passais pas ma vie dans les salles obscures, j'avais des goûts de vieux, totalement étanches aux tendances. Cette ignorance partagée avec ce producteur venu d'ailleurs me mettait à l'aise, je ne me sentais pas jugé, nous parlions envies et désirs, je marquais des points car très souvent il se laissait aller à commencer ses phrases par des perspectives communes, s'en apercevant, il se ravisait, reteintait de prudence ses propos à mon endroit, et se trahissait de nouveau l'instant d'après.

Un chouette rôle visiblement, tournage en Iran, ou plus vraisemblablement en un quelque part qui ressemble à l'Iran, une histoire d'amour sur fond d'archéologie et d'espionnage, Indiana Jones sans le fouet et sans budget coincé dans deux décors et demi avec beaucoup de voix off. Un rapide effeuillage me fit constater que les longues phrases l'emporteraient de loin sur l'action. L'histoire était signée par un grand nom de la chose littéraire, un académicien dont j'ignorais à peu près tout. J'avais beaucoup de peine à me concentrer sur l'accent ruisselant de soleil de ce producteur persan, Ophélie s'affairait dans ce restaurant, vive, souriante, contente de travailler, je la regardais, son prénom se planta en moi par la grâce du patron qui le projeta par-dessus nos têtes pour lui demander de débarrasser la quinze afin d'y installer un groupe de quatre personnes qui venaient d'abandonner l'hiver en entrant.

Ophélie donc. Ce sera toi.

J'ai eu tout de suite envie de faire un enfant avec elle. Je me voyais revenir en Normandie avec son ventre arrondi, la planter devant ma mère comme un trophée, lui dire que là-dedans la nature et le Bon Dieu étaient en train de lui bricoler une petite-fille. Ma mère avait beaucoup donné dans le garçon, elle nous suppliait régulièrement de ne lui faire que des petites-filles, mes frères aînés tardaient à s'engager sur cette voie, ils avaient entamé des études à rallonges et jouaient au premier qui travaille a perdu, et de l'autre côté du point médian de la fratrie, l'un avait quitté le plancher des vaches pour aller vivre sa vie sur des rafiots et l'autre se torturait les méninges pour ne pas laisser paraître que les garçons avaient sa préférence. Bref, les espoirs de ma mère ne reposaient que sur moi.

À bout de conversation, le producteur du film à petit budget mais gros espoir se leva après avoir réglé l'addition et demandé une facture, je prétextai un autre rendez-vous ici même pour rester, attablé et rêveur.

Lâchant les brides de mon regard et le laissant s'ébrouer à l'observer, je l'imaginais étudiante sans le sou, travaillant dans ce restaurant pour payer son loyer, loin de sa famille, dans une colocation de quelques mètres carrés encombrés de comme elles, un nid de filles en plein Paris. Elle repéra très vite que je la regardais. De petites expressions commencèrent à ponctuer nos brefs échanges de pupilles, une moue pour me faire comprendre qu'elle était crevée, un mouvement de tête de ma part vers une table qui réclamait une carafe d'eau depuis cinq minutes, un coin de bouche qui se relève en remerciement, nos stocks de morse zygomatique s'épuisant, je profitai d'une tournée de lave-vaisselle derrière le comptoir pour me lever et la rejoindre. Elle rougit lorsque je lui demandai d'un seul trait de hardiesse branlante à quelle heure elle finissait son service. Puis le sourire s'effaça pour laisser la place à un visage neutre, un masque blanc, un vent va se remettre à souffler mais dans quel sens ? Elle me dit vingt-trois heures sur un ton de défi, et ma main nerveuse qui faisait picorer ma carte bleue sur le vieux zinc du comptoir préféra laisser ma bouche lui répondre que je serai là et que nous irions boire un verre. Nos regards se sont croisés une dernière fois lorsque, dehors, je m'équipais pour chevaucher ma vieille bécane. La distance ne me permit pas de déchiffrer son expression mais sa tête était tournée vers moi et ses yeux me regardaient. Cela me suffisait.

Nous avons pris ce verre sur une terrasse en bois qui tentait l'horizontalité sur un trottoir en pente de ce XVIIIe arrondissement tout en collines. Sous un brûle-tête au gaz, nos esprits s'enflammaient pendant que nos pieds gelaient, un mojito chacun nous suffit pour nous convaincre qu'il serait préférable de filer chez moi pour un fallacieux dernier verre. J'habitais rue des Gravilliers dans un appartement dont le seul but semblait d'y faire monter des filles, cheminée, salle de bains ouverte sur le salon, pierres et poutres, tapis et lit en mezzanine, un piège.

À l'époque, j'étais encore à la Comédie-Française, et la quasi-totalité de mon salaire passait dans le loyer, mes premiers cachets de cinéma et quelques doublages assuraient le reste. Le feu venait à peine de prendre que nous commencions à nous entremêler de lèvres et de mains, de bras et de jambes, les vêtements venaient s'échouer au hasard autour de nous, montres, bracelets et boucles d'oreille retirés en urgence cherchaient un endroit prudent pour nous regarder nous ébattre. Elle avait un trou à sa culotte, une vieille culotte distendue aux couleurs passées et je l'ai aimée pour toujours à cet instant précis.

Et je l'aime toujours, même encore maintenant, à quelques heures de quitter ce monde.

Je l'aimais encore à la prison de Pankrác de Prague, accusé du meurtre du comédien Pascal Pélisson que j'aurais commis, selon la presse française, poussé par une jalousie maladive. « Albert Stefan, le loup-jaloux » avait même titré *Libération* en tirant d'un film de série B que j'avais tourné dix ans auparavant une photo particulièrement explicite. Même coincé là, au cœur de cette prison où furent exécutés des criminels de guerre nazis et des prisonniers politiques anticommunistes, où quelques années avant moi un certain Randy Blythe, que je ne connaissais pas mais dont j'appris l'existence par un article des *Inrocks* qui m'était consacré (le premier en trente années de carrière), un chanteur de trash metal, avait été incarcéré en attendant comme moi son jugement, même là, je gardais en moi cet amour.

Je revoyais toujours aussi précisément ce petit trou dans sa pauvre culotte élimée, j'ai aimé cette fille qui portait cette culotte-là, et c'est une dame en sous-vêtements Eres qui m'a quitté plus tard pour le producteur avec qui j'avais tourné *Erreur fatale* qui m'avait valu le César.

Un soir de larmes, de *Je ne vais pas rester serveuse toute ma vie pendant que toi tu fais l'acteur*, un soir de rien qui se passe, je lui promis de lui faire rencontrer mon ami maquilleur Maxence-André Lonchamps dit Mal, elle caressait mollement l'idée de devenir maquilleuse sans jamais entamer la moindre démarche, alors je pris le taureau par les cornes. Après une envolée lyrique d'au moins cinq minutes sur mon amour pour elle qui durera toujours quoi qu'elle fasse, nous convenions en trinquant qu'elle serait maquilleuse de cinéma. *Oui, même qu'un jour je deviendrai ta maquilleuse, mon chéri, attitrée, imposée par contrat, parce que tu sais ? Je suis enceinte.*

Héloïse est née cinq petites années avant qu'elle me quitte. Ophélie, devenue maquilleuse et plutôt douée, enchaînait les tournages, contrairement à moi qui voyais les propositions se raréfier. On sollicitait de plus en plus mon agent pour des seconds rôles de moins en moins longs avec toujours ce même argument qui sent le rance, *Mais il est vraiment important pour l'histoire, il nous faut un acteur puissant comme Albert Stefan.*

À la suite d'un dîner sans âme chez un certain Alain Decarssin, un producteur plein aux as qui m'aimait soi-disant énormément mais qui ne me donnait plus aucun rôle depuis des années, Ophélie se vit proposer de devenir cheffe maquilleuse sur le film qu'il s'apprêtait à tourner, une histoire de migrants sur fond de Hauts-de-France, je trouvais ça bizarre.

Mais je trouvais tout bizarre, à commencer par ce dîner décidé à la hussarde sur un trottoir en plein Paris. Nos couples se sont croisés, nous avons échangé sur tout et rien, ce qu'on devenait, les projets, le cinéma, le théâtre, les vacances, les enfants. Interrogée par Decarssin,

Ophélie parla de son métier de maquilleuse avec des étoiles dans les yeux, et très vite, en la regardant fixement, il imposa ce dîner pour la semaine suivante, il consentit à me faire miroiter qu'on en profiterait pour faire un point sur ses films en préparation, *Tu sais, on développe plein de choses en ce moment…* Tout être normalement constitué aurait vu la chose venir comme on voit un hippopotame dans un salon de thé, mais pas moi, pas cet acteur en souffrance que j'étais devenu, pas le frustré de cinéma, pas ce coureur largué qui attendait une ouverture pour recoller au peloton de tête, pas le tunnelier qui aperçoit enfin une faible lueur au fond de la galerie. Bizarre également cette proposition de poste, à peine son épouse retournée en cuisine, bizarre de lui faire grimper les échelons si vite alors que d'autres triment pendant des siècles avant de saisir ce Graal entre leurs mains. Comme si c'était à lui de s'occuper des chefs de poste de son prochain tournage.

Effectivement, c'était bizarre. Je compris alors beaucoup trop tardivement le but de ce dîner dans ce triplex avec piscine sur le toit et le comportement de Mme Decarssin, froide comme le design de sa cuisine ultramoderne, équipée pour faire décoller une fusée mais qui ce soir-là accoucha d'une soupe d'hôpital public, d'une tarte salée sans sel et d'un dessert de goûter d'anniversaire en kit. Elle faisait la gueule, cette femme, son couple n'en était plus un et le mien s'apprêtait à exploser en vol sous les anecdotes de tournage que ce producteur à succès distillait pour Ophélie et uniquement pour elle. Plus ses souvenirs se rapprochaient de la côte ouest des États-Unis et plus les yeux de ma femme s'agrandissaient, plus ses rires devenaient sonores, plus son torse se tournait vers lui, le sien s'étant calcifié dans sa direction depuis longtemps.

Elle me quitta donc pour lui. Le cinéma à succès avait eu raison de mon amour.

Pour faire bon poids, ce cuistre crut délicat de me proposer un rôle important dans une de ses productions, je lui fis comprendre qu'il savait où il pouvait se le coincer, son rôle compensatoire. Mon entourage monta au créneau pour me convaincre que j'avais tort de me braquer, qu'il était puissant, qu'il pouvait m'empêcher de tourner. Magalie, peinée mais réaliste, y alla de son petit couplet également, je devais réfléchir, ce rôle pouvait relancer ma carrière, et que si je ne le faisais pas pour moi je devais le faire pour ma fille. Pour ma fille ? Qu'est-ce que j'aurais transmis à ma fille en acceptant ce marché de dupes ? Que l'envie de réussir peut être plus forte que le chagrin ? Qu'un rôle peut faire taire un père en colère ? Après des jours et des nuits de rage et de larmes, de coup de poing dans des murs qui n'y étaient pour rien, de bouteilles vidées en trois lampées, j'ai accepté ce putain de rôle.

L'envie de tourner avait eu raison de mon intégrité d'homme malheureux, il l'aura à ses pieds, son comédien cocufié, je tranquilliserai sa conscience. J'avais atteint le niveau le plus bas de l'estime de soi, à trois cents mètres au-dessous du niveau de l'amer.

Le divorce qui suivit ne fut pas une partie de plaisir, j'ai bataillé pour avoir la garde d'Héloïse. En face, le cinéma français avait recruté une avocate spécialiste du divorce, une grande gigue qui avait l'art de débiter des poncifs consternant sur le rapport mère-enfant, la présence irremplaçable de la mère, son rôle protecteur et sécurisant, tout en s'appuyant sur des conclusions de pédopsychiatres aussi ouverts au monde que Guantánamo aux droits de l'homme. En l'écoutant débiter ses banalités me revenait la chanson de Jacques Brel :

Et d'entre elles les connes
Ne ressemblent qu'aux connes
Et je ne suis pas bien sûr
Comme chante un certain
Qu'elles soient l'avenir de l'homme.

Il est certain que celle-ci ne me souhaitait pas un avenir radieux.

Mais j'avais un argument de poids : ma fille ! Du haut de ses cinq ans et demi, elle déclara en plein rendez-vous et devant sa mère qu'elle préférait être avec son papa, j'en ai chialé, c'est venu comme une envie d'éternuer, des larmes de miel liquide qui s'accrochent, elle aimait sa chambre, ma cuisine, et mes blagues, mais surtout sa mère quittait le foyer et rendait papa malheureux. En deux phrases et demie et avec sa petite voix un peu cassée, elle avait réduit à néant les théories d'un autre âge de l'avocate spécialiste des couples riches qui se séparent. Ophélie rentrait dans le monde enchanté des gens plein de fric, mais ce monde-là ne pouvait pas rivaliser avec une petite fille qui aime son père.

Le théâtre a toujours rempli ma vie, mais en contrepartie il m'a demandé beaucoup, je m'y suis épuisé. C'est un long processus le théâtre, trop long. Année après année, les projets me pesaient toujours un peu plus à chaque nouvelle saison, les répétitions, les tournées, les trains, les hôtels, ces théâtres sans âme où le sens de l'accueil ne déparerait pas en Corée du Nord, les jeunes comédiens aux stridences pleines d'espoir et mon statut qui évoluait malgré moi, j'étais de plus en plus souvent le plus âgé de la troupe, l'aîné, celui qui en a sous le pied, je m'entendais ressasser les mêmes anecdotes, je voyais les mêmes yeux séduits ou méfiants en face de moi, les mêmes attentes chez les metteurs en scène comptant sur mon expérience et mon autonomie pour combler leurs lacunes ou leur volonté de me faire sortir de ma zone de confort pour m'emmener vers des territoires nouveaux. J'avais des envies de retraite à taux plein en me couchant. Me retirer en un quelque part et regarder des chevaux faire les cons dans le champ du voisin. Écrire des poèmes à la lune pour des prunes. Attendre la venue de ma fille, lui faire ses plats préférés, m'entendre lui poser des questions de père, me contraindre à ne pas lui demander ce que devient sa mère… m'éteindre comme un feu de cheminée, mourir en silence quand tout le monde est couché. J'en étais là de ce métier de saltimbanque quand l'idée m'est venue.

Un coup de génie, oui, de génie, du jamais vu. J'avais soudainement de quoi remonter à la surface, créer un avant et un après, être le seul, l'unique, celui dont le nom sera éternellement associé à cet exploit. Youri Gagarine pour l'espace, Théodore Monod pour le désert, Éric Tabarly pour la mer, Maurice Herzog pour la montagne, Haroun Tazieff pour les volcans, Jacques-Yves Cousteau pour les profondeurs, et Albert Stefan pour le cinéma.

J'avais pourtant une carrière que d'autres pouvaient envier, beaucoup d'autres, il y avait mieux mais il y avait tellement pire, j'avais été récompensé, mon nom se retrouvait légendé dans les manuels scolaires sous des photos déjà vieillottes, j'ai voyagé, j'ai joué avec des pointures, certains de mes films sont considérés comme cultes ou classiques, j'ai eu quelques aventures sentimentales en lunettes noires et court central de Roland-Garros, mais aucune n'a su mettre hors d'état de nuire Ophélie. J'ai failli acheter un restaurant et tout plaquer pour passer derrière les fourneaux, je suis allé assez loin dans ce projet, j'avais un cuisinier, la banque me suivait, ma fille trouvait ça suicidaire mais courageux et puis j'ai laissé tomber, le cinéma revenait régulièrement, comme une addiction qu'on essaye de chasser et qui continue de vous hanter en dépit des cures et des médocs.

Le cinéma restait ma douleur, ma plaie.

Le cinéma, c'est la jungle, la loi des plus forts, si vous avez la chance d'en être, vous pouvez régner sur lui, il reporte son intransigeance mise à mal sur les autres, cette frange d'innombrables qui veulent jouer tout simplement, ce peuple d'humbles, ni voyous ni stars, pour eux et pour eux seuls, il exige une sorte d'inconditionnalité, il faut savoir user ses genoux ou lui péter la gueule, il a besoin de sentir que sans lui on n'est plus rien, il n'aime pas l'autonomie, il ne supporte aucune distance, il n'accepte qu'une dépendance vitale, telle une déesse qui se nourrit de servilité, un art moderne qui fonctionne selon les us et coutumes du haut Moyen Âge, au sommet de la butte le seigneur/producteur, à ses côtés les barons/réalisateurs, et la valetaille dans laquelle on va puiser les forces vives. Alors quand on a la chance de passer les lourdes portes en bois, il faut courber la tête et psalmodier sa reconnaissance éternelle. Le cinéma exige l'allégeance. Il veut voir briller la faim dans les yeux creux, les mâchoires serrées prêtent à déchirer n'importe quelle barbaque, tout donner, tout oser, tout endurer devant la grande table sous les rires et les quolibets et puis un jour s'y asseoir pour de bon et rire à son tour aux dépens des autres.

Mes présences aux avant-premières en une trentaine d'années de métier pouvaient se compter sur les doigts d'une seule main de menuisier maladroit, mes participations dans les festivals ont été des sommets de contre-productivité, j'ai toujours pris un soin extrême à ne pas suivre les conseils de Magalie, je ne me suis jamais tenu informé des projets en cours, je n'ai jamais cherché à rencontrer un réalisateur, j'avais toujours la même réponse pleine d'une morgue dont je n'ai finalement jamais eu les moyens : ils savent où me trouver !

Mes quelques danses d'approche, mes tentatives de relationnel ont lamentablement échoué. Quand on ne sait pas se vendre, faut pas jouer au marchand. J'ai écrit à un metteur en scène, un jour de volontarisme dépité et sur injonction de Magalie, je lui ai fait part de mon envie de tourner avec lui, que j'aimais ses films, j'ai menti en rajoutant tous, j'en avais vu deux sur les huit qu'il avait faits, ce dernier m'envoya très rapidement un gentil message dans lequel il affirmait qu'il me considérait comme un des cinq acteurs qu'il préférait dans ce pays et qu'il y penserait.

Ah, tu vois ? triompha Magalie. Sept années plus tard, il y pense encore visiblement.

J'ai envoyé valser un ponte autosatisfait du cinéma français, le ventre repu de ses triomphes populaires basés sur des histoires simplistes mais efficaces portées à bout de bras par deux ou trois stars, filmées avec une caméra SFP de cinq cent quarante kilos. Chaque poignée de main boudinées avec sourire commercial sous la moustache lui faisait débiter à mon endroit des tartines de compliments trop énormes pour être tout à fait sincères qu'il concluait toujours par un *Si on ne tourne pas ensemble un jour, ce sera une erreur.* La première fois, j'y ai cru, je me souviens être rentré à la maison poussé par un bon vent de confiance retrouvée. Mais la troisième fois fut celle de trop, nous étions réunis dans un jury de films documentaires, le pacha en était le président et moi un des membres, serrage de mains le premier jour autour d'un plat de chouquettes, et rebelote, il eut le tort de remettre cent balles dans son distributeur à compliments. Alors je l'ai envoyé paître. J'avais étudié cette tactique visant à tenir à l'écart le comédien désireux chez plusieurs réalisateurs passés maître dans l'art de faire un panégyrique de l'artiste mendiant suffisamment énorme pour stopper net la main tendue. Satisfait, le saisi en plein vol s'en retournait sonné, persuadé qu'il aurait des nouvelles sous peu, tandis que les amateurs d'éthologie, dont j'ai malheureusement toujours fait partie, comptaient mentalement la distance en expansion continue que ces compliments hors de proportion balisaient entre une possibilité de travail et sa personne.

J'avais perpétuellement en tête ces phrases creuses, me qualifiant d'immense acteur, me comparant à des légendes du cinéma hexagonal en noir et blanc, ou à des pointures étrangères un peu oubliées, *Vous me faites tellement penser à Albert Finney*, ou bien encore ces visions frankensteinesque, *Vous avez un côté Charles Vanel dans le corps de Lino Ventura*, et parfois eugéniques, *Vous pourriez être le fils de Gabin et d'Annie Girardot*, et puis il y en avait d'autres, indéniablement en avance sur la science, selon lesquelles j'étais le rejeton de Raimu et de sir Lawrence Olivier.

Pour être honnête, certaines de ces analogies m'ont permis de faire connaissance avec des sommets inconnus. Un agent greffé à un petit chien long et ridicule m'avait comparé à Toshirō Mifune, une fois rentré chez moi et renseignements pris, je m'étais passionné non seulement pour cet acteur nippon mais pour le cinéma japonais dans sa quasi-intégralité, Kurosawa et Ozu restant mes préférés. J'ai dû voir depuis plusieurs dizaines de fois *Le Goût du riz au thé vert*.

Je n'ai pas le caractère pliable, il faudrait être rebelle mais pas trop, original mais suffisamment souple pour rentrer dans le moule, à part mais au milieu quand même, ni Dieu ni maître, bien évidemment, mais faire néanmoins allégeance aux deux ou trois seigneurs qui règnent sur la profession. Mais mon défaut rédhibitoire vis-à-vis de ce métier, mon crime de lèse-majesté est de ne pas avoir compris la Nouvelle Vague.

Je n'ai jamais réussi à aimer un de ses films. L'engouement qu'elle suscite encore aujourd'hui m'a toujours laissé perplexe, j'ai déçu beaucoup de monde avec ce refus d'obstacle, des acteurs, de jeunes réalisateurs tout droit sortis de La Fémis jusqu'à Godard in persona. Magalie m'avait hurlé son excitation au téléphone, elle m'avait obtenu de haute lutte un rendez-vous, il préparait un film, il cherchait à rencontrer des comédiens et des comédiennes, c'était pour le lendemain à dix-sept heures, toutes les agences artistiques en crépitaient d'affolement, *Tu me téléphones tout de suite après pour me dire comment ça s'est passé.*

J'y suis allé, séduit malgré tout par ce nom qui symbolisait à lui seul le cinéma, un synonyme, je n'ai jamais réussi à voir un de ses films en entier même en m'attachant au canapé, malgré tout j'y suis allé impressionné, animé d'une espérance, je me disais que si ce type m'adoubait je pouvais espérer faire partie d'une coterie.

Il était tout petit derrière un bureau. D'emblée, il m'assura d'une voix à peine audible, il terminait ses phrases en inspirant, qu'il n'avait rien à me dire, qu'il était là parce qu'on lui avait dit de rencontrer des acteurs, qu'il n'avait pas de projet, pas de scénario, et que ce rendez-vous risquait fort d'être sans lendemain. La pensée de me lever et de m'en aller me saisit la nuque mais finalement je lui ai répondu que j'étais content de le rencontrer. Je me suis maudit intérieurement, cet homme jouait la provocation et je lui répondais par des caresses de premier communiant qui le faisaient bâiller en zozotant. Il me répéta qu'il ne me connaissait pas. Nigaud, je lui proposais de lui faire parvenir mes films mais l'évocation de chaque titre égrené dans l'espoir de lui faire lever un sourcil lui inspirait des soupirs de plus en plus sonores, je me risquais au théâtre tel Lino Ventura s'aventurant dans le bizarre, je jouais à la Comédie-Française un Molière mais d'un coup ses soupirs se transformèrent en véritables haut-le-cœur. Nous décidâmes, surtout lui, d'en rester là, il consentit à se lever pour me dire au revoir et me pria de ne pas lui en vouloir s'il ne me donnait aucune nouvelle. Cependant, quelques jours plus tard, son assistant m'appela pour me signifier que JLG avait beaucoup aimé notre entretien et qu'il souhaitait me faire passer des essais. Après quelques échanges de courtoisie élémentaire, je lui indiquais poliment que je ne souhaitais pas en faire, arguant que M. Godard de son propre aveu ne savait pas quel film il devait tourner, et que par conséquent je n'en voyais pas l'intérêt, mais que je serais ravi de lire le scénario ou une ébauche de scénario quand il le désirerait.

Le jeune assistant pensa me faire changer d'avis en me disant *Oui mais ça, c'est Godard !* Ne comprenant pas ce que cette affirmation signifiait, je restai ferme sur mes convictions.

Deux jours plus tard, Magalie me rapporta qu'elle s'était cognée pépère au téléphone passablement furieux de ma défection. J'ai raté le coche de la Nouvelle Vague.

Bien avant cet épisode et ne voulant pas mourir idiot, je m'étais enfermé chez moi avec un énorme carton de films emblématiques de cette période prolifique et apparemment novatrice. Le résultat fut catastrophique, un moment de solitude intense passé à constater en bâillant que je me foutais éperdument de ces histoires, je me suis barbé pendant une poignée de jours qui m'ont semblé des éternités, en dépit de mes efforts hallucinants pour me figurer l'époque, la nouveauté que cela pouvait représenter, le choc visuel, ces narrations bousculées, rien n'y faisait. Quelques scènes glanées à droite à gauche me faisaient ouvrir un œil, mais dans l'ensemble je ne voyais pas l'intérêt, les bons acteurs devenaient mauvais et les déjà mauvais faisaient passer les intonations de Sarah Bernhardt pour du phrasé réaliste, bien sûr quelques plans chez Godard, bien sûr la musique de Georges Delerue, bien sûr quelques belles répliques par-ci par-là, mais c'était trop cher payé, seul Truffaut me plaisait, *Les Quatre Cents Coups* évidemment, et lorsque je lus ses lettres adressées à Godard, je repris deux fois du dessert.

Dans ce pays, ce répertoire est un passeport, tu te dois de l'aimer, sinon tu n'es qu'un péquenot, un faiseur mais certainement pas un artiste digne de ce nom. Il y a une ligne de démarcation dans la profession, une zone libre et une zone occupée, et sur sa rive gauche tu n'as pas le droit de t'emmerder devant *Cléo de cinq à sept*, tu te dois de parler de Jacques Demy avec des trémolos attendris dans la voix, tu te dois de te laisser aller comme un bouchon de liège sur l'océan sans fin d'un Rivette, de trouver génial de voir des comédiens réciter un texte qu'ils ont reçu la veille, tu te dois d'être ébahi par des improvisations interminables. La Nouvelle Vague est un film qui commence à vingt heures et, soixante ans après, tu regardes ta montre et il n'est que vingt heures trente. Et le pire, c'est que la profession le sent, que tu n'es pas un des leurs, ton corps doit sécréter une sueur amère qui te trahit, ton absence d'inconditionnalité te condamne, le paysage cinématographique hexagonal s'est vu colonisé par les enfants et les petits-enfants de la Nouvelle Vague, ils s'en trouvent dans les journaux, les cinémathèques, les instituts français, les festivals, ils dominent, se cooptent, s'autocélébrent, se créent une mythologie, un abécédaire, un solfège que tu dois te farcir pour répondre comme il faut lors de tes interviews et de tes demandes de financement.

Je n'ai jamais su, j'ai déçu, et j'ai perdu.

Lorsque Albert Stefan déboula en trombe dans la profession, il eut quelque temps pour marquer des points dans les médias, passé ce délai et en l'absence d'allégeance, les portes se sont fermées petit à petit. D'espoir, il glissa doucement à comédien lambda, certes assez bon mais pas suffisamment incontournable pour qu'on passe outre son manque de référence.

Dans ma prison praguoise, j'attendais.

Tous les journaux français voulaient une interview exclusive de l'artiste assassin. J'ai tout refusé. Je les emmerdais, tous, sans exception. Tant que je gardais le silence, je les tenais dans ma main. Ils m'ignorent depuis si longtemps, eux qui m'ouvraient leurs bras lorsque mon César brillait encore et qui, doucement, se sont détournés, ne répondaient plus pour mes projets de pièces ou de films compliqués qui méritaient un coup de pouce.

Ils l'auront ma confession, en long en large et en travers, ils en auront pour leur attente. Ils découvriront par la même occasion la vraie personnalité de ce pauvre Pascal Pélisson, modeste berger du Luberon devenu l'étoile montante du cinéma français, ils sauront qui il était vraiment et moi, de petit comédien bouffé de jalousie et de frustration, je deviendrai… Je deviendrai quoi ? Je ne le savais pas encore mais mon statut changerait, c'était certain.

C'est ce que je croyais et c'est ce qui me faisait jubiler dans cette prison qui avait besoin d'une bonne remise aux normes. J'ai eu beau déambuler le sourire aux lèvres dans ses entrailles de briques peintes, je souffrais de cette odeur de suint humain. C'est fade, l'homme enfermé, ça pue, nous n'avions droit qu'à une douche par semaine ce dont, personnellement, je ne me plaignais pas car la douche en prison est un moment de stress intense, ça demande de la concentration. C'est tout un art de ne pas croiser un regard sans que ça se remarque, il faut s'isoler, se raconter une histoire, s'absenter du monde tout en étant dans ce monde. Pendant la douche, ça se touche, ça vole, ça crie, ça chante pour couvrir des hurlements, et l'eau qui s'évacue peut se teinter de rose. J'ai remarqué que les avocats choisissaient souvent le lendemain de cette grande lessive humaine pour rendre visite à leur client, afin de pouvoir respirer plus librement sans doute.

Mes frères m'écrivaient. Tous, ils s'inquiétaient à leur manière.

Jean-François, le petit dernier, s'était persuadé que, derrière tout ça, se cachait une histoire d'amour secrète et passionnelle. D'un coup, il se sentait moins seul, son frère aîné connaissait les affres de la passion et de la jalousie. Il a fait l'erreur de se marier en Belgique avec son amoureux, il ne voulait pas le dire à ma mère qui, de l'avis de tous, s'en doutait et s'en foutait, mais lui était persuadé qu'il la tuerait s'il lui déballait sa vie sentimentale. Quelque temps après son mariage en catimini, nous sommes tous passés devant le notaire de Pont-Audemer en présence de notre mère afin de clarifier la succession, c'était sa marotte dans les derniers temps de sa vie, tout organiser de son vivant afin que personne ne se déchire après. Après nous avoir rappelé le pourquoi du comment de cette réunion familiale, maître Bercot nous fit le rappel de nos états civils et, bien évidemment, dévoila à toute l'assemblée le tout nouveau statut d'homme marié de Jean-François. Le pauvre avait tout prévu sauf ce coming out notarial. Après un silence et devant sa tête interdite, nous avons éclaté de rire, notre pauvre mère comprise.

Ce qui m'arrivait était presque une bonne nouvelle pour lui, il voulait absolument venir m'épancher le cœur comme on perce la panse gonflée d'air d'un mouton. Jean-Michel et Jean-Marc, mes deux aînés, abordèrent le problème avec plus de pragmatisme. Leurs études à rallonge avaient fait d'eux des chirurgiens, l'un exerçait à Grenoble et l'autre à Brest, aucun risque de se faire de l'ombre. Inquiets de ma santé mentale et financière, ils entreprirent des démarches pour me faire revenir en France afin d'y purger ma peine lorsqu'elle serait prononcée. Jean-Philippe, mon cadet, semblait le plus bouleversé. Quand il apprit la nouvelle, il se trouvait aux Galápagos. Il avait peur que je termine ma vie entre quatre murs, lui qui ne supportait aucun vêtement, aucune porte ni barrière, qui dormait les fenêtres toujours ouvertes, hiver comme été. Me savoir à l'ombre rendait fou cet être épris de liberté, il me promettait un bateau quand tout cela serait fini *même si c'est dans longtemps et qu'on sera vieux,* m'écrivait-il dans ces courriers bariolés de timbres exotiques, *un catamaran, ça bouge moins,* précisait-il, il m'organiserait un tour du monde pour rattraper ce manque d'horizon, il s'inquiétait pour Héloïse dont il était le parrain vagabond…

Moi aussi, je m'inquiétais pour elle et c'est pour elle et uniquement pour elle que je m'arrêtais parfois subitement de sourire en lisant les nouvelles du monde extérieur sur mon lit de fer. Je lui faisais de la peine. C'était là mon seul bémol, pour le reste, je jubilais.

Deux ressortissants français savaient tout de l'histoire, Maxence-André Longchamps et Paul Khun, un producteur de soixante-treize ans, ils étaient avec moi à Prague quand Pascal Pélisson avait disparu à jamais des écrans radars. D'aucuns diront mes complices, sans se douter à quel point.

Ils ne seront pas inquiétés par la police praguoise, je leur avais fait jurer de se tenir à l'écart de ce qui m'arriverait, et de ne surtout pas me rendre visite en prison.

Normalement, j'aurais dû retourner à Paris avec eux mais les choses ne se sont pas passées comme prévu.

Tout a commencé deux ans auparavant à Paris.

Magalie était à la maison pour célébrer sa filleule. Héloïse, de l'avis de tous, avait brillamment soutenu sa thèse. En ce qui me concerne, j'avais été déclaré *persona non grata.* Je voulais la faire répéter, la conseiller, lui faire profiter de mes quelques décennies passées à parler en public mais elle fut intraitable, *J'irai seule,* m'avait-elle interrompu. Après une attente interminable et vexée, je reçus, agrémenté de plein de cœurs et d'un *Je t'aime mon papounet,* un SMS m'invitant à faire des courses. Superstitieuse, elle m'avait interdit de préparer quoi que ce soit, il serait toujours temps d'acheter des bouteilles et quelques petites choses à grignoter une fois sa prestation terminée.

Flaubert et Melville, *Bouvard et Pécuchet* pour l'un, *Moby Dick* pour l'autre, passés tous deux sur son marbre analytique. Une réussite, si tant est que mon jugement ait une quelconque valeur à ses yeux si instruits. Malgré son côté « terre et mer » des menus chics, j'avais aimé sa thèse, la pertinence des rapprochements qu'elle osait entre ces deux auteurs que tout semble pourtant opposer me plaisait, du moins pour ce que j'en comprenais, l'océan n'est pas que liquide et ne se termine pas fatalement par une côte rocheuse, elle est allée chercher l'embrun chez Flaubert, le navigateur solitaire, elle a su mettre en lumière une mélancolie à l'œuvre chez l'un comme chez l'autre. J'aime cette idée que ce qui nous lie est plus fort que ce qui nous sépare ou nous différencie, je n'avais pas tout compris mais je l'avais lue de la première à la dernière ligne, j'ai dû mettre six mois.

Elle semblait enfin heureuse et soulagée. C'était derrière elle. Entourée de toute une bande d'érudits aux yeux vifs, elle pétillait de joie. Je la suivais des yeux dans son chemin d'excitation et j'étais fier de cette petite, elle me faisait remonter en mémoire certaines soirées triomphales où je papillonnais de visage en visage, où chaque étreinte, chaque bonjour, chaque toast m'était destiné et donnait l'occasion de félicitations. Coincé dans mon fauteuil Voltaire, mon salon devenu une bibliothèque turbulente, je regardais cette faune sympathique en essayant d'imaginer la somme de volumes que ces jeunes gens à peine au seuil de leur vie avaient ingurgités.

La fontanelle à peine refermée, ces gamins portaient dans leurs crânes des centaines de chefs-d'œuvre de la littérature. Qu'en feront-ils, de ces illustres pages ? Auront-ils le talent de les transmettre et de les faire aimer ? Moi, j'aurai essayé, petitement, laborieusement mais j'aurai essayé, maintenant le théâtre ne m'offrait que du vite écrit, du paresseux mal ficelé, et le cinéma réservait ses incartades dans la littérature à d'autres.

J'essayais de déceler lequel de ces garçons ou de ces filles avait ses faveurs, mais je ne trouvai aucun indice, Héloïse en la matière était d'une discrétion qui aurait pu lui ouvrir les portes de la DGSE. Elle avait certainement donné une feuille de route extrêmement précise au prétendant ou à la prétendante, je ne parvenais pas à surprendre le moindre sourire un peu appuyé, la plus petite main distraite s'attardant sur son épaule, tout ce beau monde plein d'avenir s'esclaffait en trinquant joyeusement. Ils convoquaient leurs références littéraires avec un naturel qui m'épatait, les noms, les œuvres, les citations fusaient et devenaient un langage codé pour brosser des portraits acides des absents, leur quête de félicité et leur soif d'une vie augmentée exploitaient les grandes plumes. Perdue dans ce ping-pong lettré, mon ignorance se trouvait rapidement comblée par leur empressement à deviner les auteurs cités. Leurs rêves tendus et nerveux s'affichaient sur leurs visages encore juvéniles, ils écriraient, ils éditeraient, ils dirigeraient des revues, des collections, à en juger par les portraits cruels qu'ils faisaient de leurs professeurs, tous fuiraient l'enseignement et feignaient d'ignorer que beaucoup s'y retrouveraient. Combien parmi eux écriraient véritablement quelque chose ? Pour l'heure, les pétarades de bouchons de champagne évaporaient l'incertain.

J'en étais là quand Magalie me secoua les puces.

Était-ce la brillante carrière littéraire qui se profilait pour sa filleule qui lui fit brutalement reconsidérer la mienne passablement en berne ? Toujours est-il qu'elle prit sa chaise d'une main ferme pour la poser péremptoirement en face du fauteuil que j'occupais tel un pacha repu depuis le début de la soirée.

À la voir, elle avait pris une décision et il fallait que j'en sois informé tout de suite, en pleine célébration, entouré de cette jeunesse cultivée et déconnante. Après avoir expulsé de sa bouche mon véritable prénom comme un éclat de roche sous le burin et planté dans mon regard ses yeux foncés, deux signes indiquant que les paroles à venir seraient empreintes de gravité, elle me dit qu'il fallait qu'on se parle. Cela me confirma cette impression qui m'avait envahi lorsqu'elle est arrivée en retard et nerveuse pour la petite fête. Elle avait sa tête des mauvais jours, où rien ne va, ni les gens ni la paperasse, où tout se ligue contre vous, jusqu'à la machine à café. Mon corps fatigué comprit avant moi qu'il s'agissait maintenant d'être attentif car je me suis vu me redresser en posant ma coupe de champagne sur une pile de livres d'art qui faisait office de guéridon.

Elle avait décidé qu'à partir de ce jour il ne se passerait pas une semaine sans que nous sortions ensemble honorer les avant-premières et les générales. Il fallait que je réagisse, elle en avait marre de cet isolement dans lequel je me complaisais, de ce manque d'hygiène professionnelle, d'après elle, je me laissais aller vers Pont-aux-Dames en soupirant d'amertume. Elle parvint à me faire frissonner ce qui me restait d'amour-propre en me comparant à Alceste, rôle qui m'avait apporté un beau succès à la Comédie-Française et après lequel, emporté par l'intransigeance du personnage, je démissionnais.

Elle avait déjà sur sa tablette qu'elle ne quittait jamais le programme des deux semaines à venir. La première sortie symbolisant cette reprise en main ferme devait être le lundi suivant afin d'assister à la générale de *La Vie devant soi* au théâtre Marigny. C'était ça ou je quittais l'agence.

Les réunions du jeudi chez Artmédia devenaient de plus en plus dangereuses pour les acteurs en déclin et, visiblement, j'en faisais désormais partie. Elle se sentait à bout d'arguments sur le dossier Albert Stefan, ses plaidoiries s'élimaient chaque jeudi un peu plus face à l'exigence de rentabilité. J'étais sur la sellette. Lorsque son phrasé passa de la salve de mitrailleuse aux tirs sporadiques, mes premières pensées s'organisèrent, et comme toujours chez moi la tentation de faire place nette s'imposa en premier dans ma conscience, ça sentirait le soufre et le salpêtre, je leur écrirais une lettre assassine et je partirais de moi-même, comme un seigneur, sans leur donner l'occasion de me foutre à la porte tel un VRP qui ne fait pas assez de chiffre. Mais les yeux de Magalie dont la sévérité ne parvenait pas tout à fait à cacher son amitié ne m'autorisèrent qu'à lui demander à quelle heure commençait cette fameuse générale.

Même là, au cœur d'une intimité joyeuse, ce métier venait me faire chier. J'étais pourtant bien sur ce fauteuil Voltaire.

Nous avions les places F12 et 14. Magalie m'avait ordonné de ne pas me précipiter dans la salle, il fallait traîner un peu dans le hall de ce théâtre qui grouillait de loden et de cachemire bleu marine, qui cliquetait de petits sacs à main écussonnés d'initiales luxueuses. Un méli-mélo de parfums aspergés à la sortie des taxis composait une odeur médiane écœurante, la tubéreuse et la violette régnaient en maître, quelques îlots musqués tentaient de survivre.

Magalie s'était faite belle. Un peu trop. Son décolleté, sa coiffure, le maquillage, tout était exagérément poussé. Elle me tirait par la manche, m'accrochait la main, me poussait parfois au sens propre sur des gens qui se trouvaient alors dans l'obligation de me saluer. Elle apostrophait des importances lointaines par-dessus des têtes inconnues, s'excusait en se frayant un passage, son programme devenu machette découpait les avant-bras, écartait toutes ces branches basses qui avaient le malheur de gêner sa progression, elle voulait que tout le monde me voie et ne voyait pas que tout le monde s'en foutait.

Chaque fois que je faisais un pas vers la salle, elle me trouvait une autre urgence à aller saluer. Naturellement, il fallut attendre la dernière sonnerie et faire lever toute une rangée pour rejoindre nos deux places et, même-là, debout en plein milieu, elle continuait de m'indiquer des hominidés censés faire le même métier que moi. Mon supplice cessa avec le noir-salle, je respirais enfin normalement.

Le spectacle n'avait pas beaucoup d'intérêt, malgré une troupe sincère, je dépérissais. Dès les premières répliques, je savais que le public finirait debout en criant *Bravo*, que je n'aurais pas d'autre choix que de me lever également. Seul le texte retint mon attention, simple, populaire, émouvant, cette Mme Rosa, je me voyais la jouer sans chercher la performance, juste la jouer, incarner cette générosité sans gants, cet amour bousculé par la rudesse des vies abandonnées, de l'amour qui ne se résout pas à crever malgré la rue et les camps, amour adventiste qui s'accroche où il peut dans le cœur des humains bitumés par l'histoire, j'aurais voulu avoir quatorze ans, en paraître dix et jouer Momo, Arlequin de Belleville qui repeint le visage de la mort et l'arrose de parfum… cette langue d'enfant qui fait ce qu'elle peut pour trouver les mots qui vont avec ce trop grand et trop dur à vivre.

Romain Gary. Il me brûlait d'en parler à Héloïse. Quitter au plus vite cette assemblée de spectateurs rassurés, satisfaits de ne pas avoir été trop bousculés. Remerciant par de longs rappels la mise en scène et les acteurs de leur tact et de leur sens de la mesure, d'avoir su rester dans les clous de la décence en leur faisant goûter du bout de l'âme le noir de la vie, sans risque, de leur laisser des souvenirs qui ne survivront pas au-delà du dîner en ville. Je tenais en horreur ce théâtre poli, cet art scénique pour vieilles dentelles qui se prétend sauvage alors qu'il n'est que buis en boule, ce théâtre-coucou qui vient pondre ces gros œufs dans le nid d'un autre, qui berce d'illusions, qui laisse croire que l'on sait alors qu'on n'a rien vu parce que rien n'a été joué véritablement, qui vous donne l'impression d'être instruit, d'avoir goûté à la misère, comme ces promeneurs prétendant aimer la nature parce qu'ils ont traîné leur digestion dominicale dans un jardin public.

J'avais hâte de rentrer, de poser une toute petite question à Héloïse puis de m'asseoir avec une bière dans mon fauteuil en savourant son interminable réponse. Ma fille ne sait pas être concise, résumer lui est étranger, elle a toujours eu le développement durable. Elle se doit à chaque fois de faire le tour de la question. Toute petite, quand je lui demandais *Comment s'est passée ta journée à l'école* ?, son monologue pouvait durer jusqu'au dîner. Elle n'a jamais pu se résoudre à répondre normalement à un QCM, il lui fallait toujours noircir sa feuille de digressions.

Mais avant de la retrouver, il me faudrait aller dans les loges toussoter quelques bravos neurasthéniques, serrer des mains molles et trouver une formule pertinente et originale pour honorer le travail du jeune-metteur-en-scène-si-plein-d'avenir, puis retrouver le beau linge trié sur le volet autour des pains-surprise farcis à la mousse de foie gras et au saumon d'élevage.

Héloïse n'en revenait pas.

J'ignorais à peu près tout de la vie rocambolesque de Romain Gary. Je n'avais rien lu de lui. Cette histoire de prix Goncourt me disait vaguement quelque chose mais je n'avais jamais vraiment cherché à savoir. Ma fille retroussa alors ses manches de thésarde et me raconta tout ce qu'elle savait, la liste des pseudos de cet écrivain, des noms étranges qui sonnaient comme des blagues, Fosco Sinibaldi, Shatan Bogat, Lucien Brulard, Émile Ajar, les titres de ses œuvres pleuvaient dans mes oreilles ébahies autant par la prolixité du bonhomme que par le savoir de ma fille. Ses femmes, sa quête de gloire, ses vies multiples, ses romans ou s'entremêlaient le vrai et le faux, l'humour et le tragique, cette écriture libre, tellement libre qu'elle en dérouta plus d'un, toutes ces langues qu'il parlait et tournait dans les bouches de femmes toutes plus belles et intelligentes les unes que les autres... Il baisait compulsivement mais avec talent. Anglais, aviateur, résistant, français libre, diplomate, rien que le simple récit de sa vie au plus près de la vérité aurait constitué une œuvre délirante, et pourtant, il en a rajouté, il en a inventé, il a chapardé au grand bazar de la vie des autres pour gonfler les poches de la sienne. Un Goncourt n'était pas assez, il lui en fallait deux. Son petit-cousin Paul Pavlowitch, lié au secret par contrat, lui servit de prête-nom pour bâtir une œuvre parallèle à la sienne. Il courait à s'en déchirer le ventre après d'autres possibles, un semeur de débuts, un malade imaginaire tout autant qu'un malade de l'imaginaire. Il a chargé sa pauvre mule d'un foutoir international, d'un exotisme survolé depuis des zincs à hélice et, un soir de décembre, au seuil d'une nouvelle décennie, Brulard, Gary et Ajar ont pris feu dans la bouche de Roman Kacew. J'en restais inerte. Sonné. Héloïse me colla dans les bras les quelques romans de cette hydre littéraire. Un bisou sur sa tête si bien faite et je m'enfermai dans ma chambre avec ce cinglé génial.

Cet homme me réveillait.

Sa prose, sa vie, ses vies, devrais-je dire, tout en lui avait du clairon à la lueur de l'aube, tour à tour attachant et débectant, suffisant et incertain, sincère et cabot. Je lisais tout ce que je pouvais, je ne sortais de ma chambre que pour aller pisser et prendre un bout de pain dur dans la cuisine. Seul mon emploi du temps organisé par Magalie m'obligeait à me laver pour aller me morfondre devant un film ou un spectacle, mais ce monde artistique qui se pavanait d'avant-première en générale se drapait d'insipidité à la lumière de ce Gary. Nos vies, nos petites vies, gérées comme des épiceries de province, étalaient leur insignifiance sur la pellicule et les scènes parisiennes, ce petit monde se regardait le nombril, tandis que Gary s'en trouait d'autres. Magalie était contente de me voir ponctuel et bien coiffé sur les parvis, je lui donnais ma carcasse repassée et je gardais mes senteurs d'aisselle, mes caleçons de trois jours et mes serviettes nouées en pagne pour Gary.

Je me suis acoquiné avec lui, j'en devenais dépendant, il me fallait savoir ce qu'il aurait dit ou fait à chaque épisode un peu marquant de ma vie. Le résultat de cette mise en parallèle fut catastrophique mais salutaire, ce que j'avais en commun avec lui était coincé et tassé sous mes semelles comme la boue des champs, il me fit comprendre que je n'avais fait que subir, le théâtre est une masse dont je ne m'étais servi que pour enfoncer des punaises. Il me fit tout revoir à l'aune de son intransigeance cruelle, je ne pouvais quasi rien garder de ce qui me constituait, je n'avais poursuivi aucune chimère, aucune lubie, je me suis mis à disposition des autres alors que Gary a mis les autres à sa disposition. Il avait compris cela, il a transformé les incessantes fuites des pogroms de sa mère en tournées théâtrales, son père est parti, il s'en est inventé un autre, un acteur russe du cinéma muet, beau évidemment parce que lui l'était et le savait. Moi, je suis resté à la porte de mes rêves, tout branlant et penaud comme après mes premières cartes de France dans mes draps juvéniles, lui a plongé dedans et s'en est fait des armes de conquête, il avait honte du monde et pas de lui. Louis Jouvet, que je n'ai jamais vraiment su aimer, lui a refusé toutes ses pièces, prétextant des défauts rédhibitoires, mais dans le même temps, il a empêché Gary de les donner à d'autres, un souffle d'étrangeté devait effrayer le prêcheur. Dans l'écriture de Gary turbinaient les cylindres Rolls-Royce des avions de chasse anglais, et ce bruit-là était inconnu à Louis Jouvet. Romain Gary nous a survolés, et nous, nous l'avons regardé passer, têtes levées et les yeux ronds, comme la basse-cour ébahie chez Richepin.

Maudit Gary.

Albert Stefan ne s'en relèverait pas, j'en étais certain, et je n'avais pas tort. Lui ne voulait pas vieillir, paraît-il, je n'en suis pas si sûr maintenant, je crois plutôt que son monde lui a sauté à la gueule. Toutes ses vies, les vraies les fausses réunies en syndicat, lui ont demandé de se calmer et, comme les entiers dans le pré, il ne savait pas donner dans la demi-mesure. Il a pris son Smith & Wesson de type 38, pour lequel il avait fait une demande de port d'arme vingt ans auparavant, et c'est peut-être là et seulement là qu'il a compris la métaphore incendiaire de ses noms d'emprunt.

Mais sur le moment, en pensant cela, je ne songeais pas à me supprimer. Il fallait que je trouve quelque chose, un exploit, une énormité qui rebat les cartes, j'avais du retard sur ce chemin, Gary avait commencé tôt… J'étais doué pour quoi, pour jouer ? Même pas, je crois que j'étais doué pour m'effacer, pour me mettre à la place, pour disparaître, il fallait que je disparaisse…

J'en étais là à trois heures du matin. J'errais dans l'appartement, une bière à la main, je regardais ce qui constituait ma vie, des tableaux, des photos accrochés aux murs, des bibelots qui retenaient des livres dans la bibliothèque, trophées de chasse d'un comédien qui approchait maintenant de la soixantaine et qui aurait dû se laisser aller sur son aire comme les paquebots à l'approche du port, mais moi, je devais tout refaire, tout reconsidérer. Gary me regardait maintenant avec son trou dans la tête, il me disait brûle, toi aussi, crame tout, qu'est-ce que t'en as à foutre ? Gary tournait autour de moi, gesticulait, nu, un simple paréo enroulé autour de la taille, au tour suivant, il portait son uniforme de Français libre, puis revenait en costume de consul de France, une chapka laissait la place à un casque colonial qui disparaissait pour laisser le terrain capillaire à une casquette de marin, une petite moustache à la Errol Flynn s'effaçait pour une impériale poivre et sel… Il me donnait le tournis, mes yeux lançaient des grappins dans l'espoir qu'un point fixe arrête ce tangage. L'un d'eux s'enroula autour de mon César, mon vieux César qui ne brillait plus depuis longtemps.

C'était trouvé, tout s'emboîtait maintenant et claironnait l'évidence comme un chœur d'enfants à Westminster.

J'avais une personne à convaincre et ce serait parti. Mon téléphone n'indiquait que trois heures et demie, je devais patienter, Max-André Longchamps devait encore être endormi. Attendre…

Finalement, je l'ai réveillé à sept heures, je n'ai pas pu faire mieux, je n'en pouvais plus. Une voix pâteuse a demandé de rappeler plus tard, mais j'ai hurlé tellement fort qu'il a consenti à sortir de son lit afin de continuer la conversation loin de la jeune créature qui venait de raccourcir sa nuit.

Max est maquilleur d'effets spéciaux et habite sur son lieu de travail, un atelier à Montreuil, le musée Tusseau de l'horreur, un laboratoire de savant déglingué, une cambuse où s'accumule tout ce que nos films contiennent de sanglant et de cauchemardesque. Sur les murs, les étagères sont peuplées de têtes figées en un hurlement silencieux, dans les angles, des fagots de membres amputés attendent, emmêlés, une nouvelle vie, comme les cadavres en putréfaction en instance de livraison, des guirlandes de mains tranchées semblent fêter l'anniversaire d'un membre de la famille Addams, des moulages de têtes d'acteur plus ou moins connus trônent dans un placard aux portes coulissantes. Brad Pitt s'y trouve à côté de moi, le seul endroit sur terre où nous sommes réunis est là, à Montreuil, chez Mal.

Nous nous sommes rencontrés il y a une quinzaine d'années sur un tournage en Roumanie, pour un premier film, *Le Prêtre.* Je jouais ce prêtre débarquant au début du XXe siècle dans une campagne confrontée au Malin, on était loin de Bernanos mais le scénario filait vraiment la trouille. Dans l'histoire, il m'arrivait des bricoles, divers objets devaient me pénétrer. Mal m'a tartiné de silicone, enrubanné de bandes plâtrées. Nous avons passé des heures ensemble à imaginer des solutions, je lui ai posé des milliards de questions sur ses techniques, ses produits, chaque séance chez lui me faisait imaginer des centaines d'histoires toutes plus horribles les unes que les autres.

Il n'a jamais eu d'appartement, excepté durant sa courte période aux Beaux-Arts. Max-André Longchamps, de son vrai prénom Maxence-André, un dernier Mohican, une résurgence du style londonien fin soixante-dix, un esprit punk dans une enveloppe de dandy anglais... Il me faisait penser à l'acteur Stephen Fry dans *Peter's Friends*, une grande carcasse malhabile issue d'une famille huppée. Il a déçu tout le monde en préférant les Beaux-Arts au château familial et à son parc à thèmes ouvert pour réparer les toitures, avec stages de confiture à l'ancienne déguisé en laitière de Vermeer. Au fil des années, toute la famille Longchamps jusqu'aux pièces rapportées s'était engagée dans ces activités patrimoniales, tout le monde sauf lui.

Son idole absolue était Philippe Druillet, il s'est donc vite emmerdé rue Bonaparte. Pour passer le temps entre deux séances de nu académique, il griffonnait des zombies, des blessures atroces, des fœtus difformes. Une chérie d'un soir est partie de sa soupente avec une série de Canson d'épouvante roulée dans un tube, il eut à peine le temps de s'en apercevoir avant de trouver dans sa boîte une lettre de Druillet l'invitant à boire un verre chez lui, il avait examiné ses dessins et pensait que toute cette morbidité devrait lui permettre de vivre.

C'est en effet grâce à lui qu'il allait plonger tête la première dans le cinéma pour une apnée de plus de trente ans. Au terme de leurs échanges ponctués de coups de crayon et de whisky malté, ils convinrent qu'une seule profession pouvait donner un sens au champ de ruines qui lui faisait office de cerveau : FX. Maquilleur d'effets spéciaux.

Lorsqu'il a commencé, le pays était sérieusement à la traîne, le sang coulait orange et les plans de coupe arrangeaient tous les bidons. Max-André fut un des premiers à tenter l'aventure du direct. Avec lui, une main pouvait se couper sans couper la prise. Ses ratages furent à la hauteur de ses ambitions et de son manque de moyens, mais comme il le disait chaque fois, S*i ça ne marche pas, on fera à l'ancienne*, et ses réussites ont tout de même fait grand bruit dans le Landerneau du cinéma d'horreur français, et les projets se sont enchaînés pour lui, trop vite. Il faisait tout à la hâte, en pressant une fille endormie afin de soulever un matelas et récupérer de l'espace, pour obtenir une surface plane et propre, il lui fallait créer un monticule un peu plus loin, il s'en sortait toujours sur le fil du rasoir. Mais grâce à lui, le sang ressemblait à du sang, les têtes s'éclataient en plan séquence. Il a fait des stages avec des médecins légistes, des chirurgiens, il a sillonné l'Europe à la recherche de pigments, d'astuces, de produits malléables qui changent de structure suivant la chaleur, l'humidité, il a fait des milliers d'expériences, il a transformé ses fiancées en cadavres mutilés, en zombies démembrés, il les a vieillies, maculées de sang et de cervelle rose. Sortir avec lui supposait de payer en poses interminables sous alginate les quelques ébats sur son matelas à même le sol. Toutes ont fini par partir pour son plus grand bonheur, Mal voulait rester seul. Aucune théorie en vigueur sur le couple ou l'amour, non, il s'en foutait, tout simplement, pas le temps pour ça, sa vie, c'était son atelier et les premiers films fauchés aux ambitions sans bornes, des équations impossibles qu'il relevait pourtant avec plus ou moins de réussite. Très vite, il s'était fait la réputation d'un gars un peu barge mais sympa à qui l'on peut tout demander.

Et justement, j'avais un truc à lui demander.

Il se souvenait de ce tournage en Roumanie, il en avait ramené une chaude-pisse et une cicatrice sur la lèvre inférieure, il se souvenait également de cette soirée à Constanta au bord de la mer Noire, de ce caviar bon marché arrosé de vodka dont on se repaissait avant de retrouver notre statut d'intermittent du spectacle. Il se souvenait également de la lubie qui m'avait saisi ce soir-là, de jouer un jour sous une autre identité, un autre visage, pour voir…

J'étais arrivé en trombe dans son atelier, des odeurs de produits chimiques se mêlaient à la moiteur de deux corps qui se sont mélangés toute la nuit, un café coulait à grand bruit près de l'évier et venait ajouter sa pointe de brûlé au décor olfactif. Il portait une robe de chambre grise en éponge effilée, des savates de maître-nageur qui peinaient à contenir ses pieds immenses. Cigarette au bec, il resta interdit après ma diatribe. Il répétait en boucle *Ah ouais* en me regardant.

Je lui avais tout balancé en vrac, emporté par l'élan de mon trajet jusque chez lui, je voulais le faire, c'était maintenant, c'était le moment, je voulais aller au bout de ce fantasme, son prix serait le mien, *Ça prendra le temps que ça prendra,* mais il fallait que je le fasse.

Il a pris cent cinquante ans à trouver ses mots. De toute évidence, avant de marcher avec moi dans la combine, il devait se mettre à niveau, comme ces Touaregs se croisant dans le désert qui repartent chacun dans leur direction après avoir mis à égalité leurs réserves d'eau. Il voulait être sûr de mes intentions. Faire ça pour la rigolade ne l'intéressait pas, trop de boulot pour un gag, pensait-il, il lui fallait autre chose à se mettre sous le pinceau, un truc plus consistant, un projet au long cours reposant sur des pulsions profondes, même noires, mêmes cruelles. Après une lampée de café et une seconde cigarette roulée, il dressa mon état des lieux, un inventaire à la sévère, mon CV corrigé en rouge, où se mélangeaient habilement les louanges et les critiques. Reste de sa lignée bleue, il pratiquait, avec un talent certain, cet art raffiné d'enrober le désagréable. Je l'écoutais, mâchoires serrées, en essayant de retenir mes réflexes de défense, tous ces *Oui mais* qui remontaient dans ma gorge. Les poings cloués dans les poches, tête baissée, j'écopais ma chaloupe intérieure en l'écoutant.

Il avait raison sur toute la ligne, raison de dire que j'étais un comédien formidable mais frustré, que j'avais, si ce n'est de la haine, du moins un fort dégoût du monde du spectacle et du cinéma en particulier, le cinéma qui m'a fait miroiter des lunes que je n'ai pas su saisir, raison de dire que mon orgueil insondable avait fini par faire de moi un acteur de moins en moins désirable, que le théâtre restait pour moi, en dépit de mes déclarations dans les journaux, un lieu d'excellence que je n'ai pas su abandonner pour me consacrer au cinéma. Puis après une respiration, il lâcha enfin ce qui selon lui constituait le vrai et le seul motif de cette délirante lubie : Ophélie, la femme de ma vie, partie vivre avec un producteur. Il avait été témoin de ma dégringolade, il avait essayé comme il avait pu de me raccrocher au train de l'existence, allant même jusqu'à me faire venir dans son atelier en pleine nuit pour m'y faire rencontrer deux filles dont l'une était censée me divertir. Mal faisait partie des rares personnes qui savaient dans quel maelström je me suis débattu pendant plus d'un an après le départ d'Ophélie.

Il subodorait que je voulais me venger de tout ce monde-là, leur montrer qu'ils s'étaient fourré le doigt dans l'œil en m'ignorant, leur imposer mon talent comme on fait tomber un beau lièvre sur la table au retour de la chasse, que je voulais leur enfoncer le nez dans leur inconsistance, casser les genoux de cette lignée d'aristocrates hémophiles, passer de comédien trompé suant l'aigreur à Michael Caine retirant son masque dans *Le Limier* devant Laurence Olivier affolé.

Une fois sa catilinaire terminée, nous nous sommes regardés, il attendait une réponse.

Tu sais ce qu'a fait Romain Gary lorsqu'il a appris que Jean Seberg roucoulait avec Clint Eastwood sur le tournage de La Kermesse de l'Ouest *?*

Non.

Il a pris l'avion pour provoquer Clint en duel, au revolver.

Ah ouais…

Tu sais ce que j'ai fait quand Alain Decarssin m'a piqué Ophélie ?

Bah… rien… je suppose ?

Pire, j'ai accepté de tourner le rôle qu'il m'a proposé dans la foulée.

Ah ouais…

Il y eut un long silence entre nous deux, puis Mal me demanda si c'était là ma réponse avec un *Alors ?* soufflé en une taffe. Mes yeux subitement embués furent ma réponse.

Je vais te rassurer tout de suite, je trouve ça plus bandant que ce soit une vengeance et pas juste un pied-de-nez. C'est plus dark et ça me plaît. On va s'y atteler, à ta lubie, comme des malfrats qui préparent un mauvais coup, et c'est le côté mauvais qui va nous faire penser à tout. Une blague, c'est comme un chewing-gum, le goût disparaît très vite et on se retrouve avec un bout de plastique dans la bouche, là on va chiquer du brut et ça va cracher du goudron.

Après on a dû se serrer dans les bras.

Mal avait déjà ma tête moulée stockée joue contre joue avec celle de Brad Pitt dans un placard poussiéreux, mais l'empreinte datait de quelques années, il tenait à la refaire immédiatement. Il décommanda un rendez-vous avec un comédien qu'il devait vieillir, un agité jamais à l'heure et jamais content, et c'était parti.

Un peu de vaseline sur la face et les cheveux afin de recevoir le silicone fraîchement sorti du frigo, une polyaddition visqueuse comme un miel épais, une première couche de ce mélange dilué à l'huile de silicone pour s'assurer d'une prise d'empreinte la plus fine possible et le froid me recouvrit le visage, créant une onde de frisson jusque dans mes jambes. Mal contourna soigneusement mes narines laissées libres pour que je puisse respirer pendant l'opération. J'ai connu l'époque où il introduisait deux tubes de carton grossièrement roulés, la technique fut abandonnée car ces espèces de pailles pouvaient déformer le masque. Le silicone durcit sur moi en attendant les bandes plâtrées qui viendraient le consolider. Il faisait nuit, des mains travaillaient sur mon visage, une chaleur m'entourait, c'est l'effet du plâtre en séchant, je sentais les couches se superposer, la chaleur augmenter. Il y avait dans cette pratique quelque chose relevant du rite initiatique qui m'invitait à rêver, j'allais sortir de là transformé, ma tête était prise, protégée, je n'existais plus, je disparaissais et j'ai toujours aimé cela, disparaître. Quand j'étais petit, mes frères me cherchaient longtemps dans nos parties de cache-cache, j'avais le don pour trouver les endroits les plus improbables et y rester prostré. Très souvent, j'en ressortais seul après abandon des poursuivants, des fourmilières entières dans mes membres trop rapidement déployés. Mal m'arracha aux souvenirs, il était temps pour lui de retirer l'empreinte sans l'abîmer, il me demanda de faire quelques petites grimaces le plus doucement possible. La gangue siliconée se décolla de ma peau par vagues successives, des couches d'air s'insinuaient et repoussaient le masque. Ses mains saisirent délicatement l'empreinte et tirèrent jusqu'à la libération du visage. Il inspecta minutieusement le négatif comme pour s'assurer que mon image avait bel et bien été volée.

Tout en scrutant l'empreinte, il me dit que d'ordinaire son travail se limitait à abuser une machine qui photographie, avec l'aide de toute une équipe pour éclairer et cadrer. Après un petit sifflement satisfait, il lâche enfin ce nom qui lui faisait froncer les sourcils : *John Chambers* Un de ses héros, un immense maquilleur, celui de *La Planète des singes*, de *Star Trek*, celui-là même qui a reçu une médaille de la CIA pour sa collaboration à l'opération d'exfiltration des otages retenus dans l'enceinte de l'ambassade des États-Unis à Téhéran.

C'est de la haute précision, me dit-il alors, *on ne fait pas ça pour une fiction mais pour la vie réelle, les gens vont s'approcher de toi, ils te regarderont de près et l'objectif d'une caméra, même le plus sophistiqué qu'il soit, n'arrivera jamais à la cheville d'une paire d'yeux, parce que derrière les yeux, il y a un cerveau et des milliers d'années de reconnaissance faciale. Depuis la nuit des temps, notre regard s'entraîne à appréhender un nouveau venu. Tu vas être dévisagé.*

Ce dernier mot me pénétra comme une lame.

Je suis sûr que John Chambers a dû se poser ce genre de questions lorsqu'il préparait les gars des forces spéciales, comment changer de tête le plus efficacement possible en convoquant le moins de technicité, allier simplicité et efficacité.

Il m'avertit que, lorsque je serais en tournage, je serais amené à me dépatouiller tout seul pour entretenir mon maquillage, comme ces agents américains sur le terrain : diluer une peau de silicone, rectifier un raccord devenu visible par la chaleur et la transpiration, peut-être même changer une pièce et cela en un temps limité et certainement dans un endroit peu confortable. Il m'assura qu'il pourrait me faire une petite trousse facilement dissimulable. Ces produits, je devrais les avoir sur moi en permanence. Son esprit galopait. *Je vais prévoir une pochette pour chaque opération afin que tu ne perdes pas de temps à chercher les bons produits, tu en auras une pour raccorder, une autre pour matifier, une troisième pour les grosses opérations, je te préparerai des échantillonnages de solutions, il y aura des pinceaux dans chaque trousse pour que tu n'aies pas à les nettoyer, il faudra aussi penser à ajouter un petit miroir portatif.*

Il me fit remarquer que mes premiers pas de comédien métamorphosé ne seraient certainement pas dans un rôle important, un ou deux jours de tournage tout au plus, et que les petits rôles sont inévitablement cantonnés aux loges collectives improvisées. Ces loges, je les connaissais bien. Après avoir commencé ma carrière dans des rôles importants dont les contrats stipulaient l'obligation d'une loge chauffée et personnelle et d'un transport aller et retour chaque jour, j'avais connu la dégringolade jusqu'à venir en PPM, c'est-à-dire Par-mes-Propres-Moyens, et j'avais appris à me déshabiller comme un grand derrière un paravent sur une chaise en plastique dans le bruit d'un chauffage au gaz mal réglé, le tout dans un gymnase réquisitionné par la régie. Dans ces conditions, aucune possibilité de m'installer confortablement dans un fauteuil de coiffeur devant un miroir cerné d'ampoules pour un raccord maquillage, je devrais apprendre à m'en sortir seul en profitant d'une pause toilettes.

Se posait la question du HMC, acronyme désignant l'habillage, le maquillage et la coiffure, c'est-à-dire toutes ces mains chargées de faire d'un quidam mal réveillé en tenue de ville un acteur paré et prêt à tourner. L'habillage pouvait se régler aisément. En général, les vêtements du comédien sont préparés par l'habilleur ou l'habilleuse et disposés sur une chaise, et à moins d'avoir affaire à un costume très compliqué, le comédien doit se débrouiller tout seul, exception faite des libidineux qui appellent à l'aide la jeune habilleuse pour un bouton de braguette récalcitrant. Le point le plus complexe était bien évidemment le poste maquillage. Même la plus myope des maquilleuses se rendrait compte de la présence de prothèses, il fallait absolument éviter cette rencontre qui revêt pourtant un caractère quasiment obligatoire. Comment arriver sur le plateau sans passer par la loge ? Le moins que l'on puisse dire, c'est que les solutions ne se bousculaient pas au portillon. Pour que la supercherie fonctionne, nous convînmes qu'un minimum de gens devait en être informé, pas question de mettre le personnel MC du premier tournage que je serais amené à faire dans la confidence. Du temps de Maurice Pialat, ça serait passé comme une lettre à la poste, le cinéaste ne portait pas le poste maquillage en grande estime, les filles peintes, il les préférait sans doute sur des toiles plutôt que sur la toile. J'ai failli tourner avec lui, et cela m'aurait plu, mais il est mort avant même que l'on se voie, toutes les critiques qui m'étaient parvenues n'avaient fait que renforcer mon envie de le rencontrer, pour être détesté par autant d'imbéciles, il devait être intéressant.

Une pause café silencieuse et pesante de réflexions nous amena à considérer une série de portraits accrochés au mur. Sur l'un d'eux, il y avait une actrice américaine que Mal avait défigurée avec une créativité diabolique. La peau craquelante, elle semblait muer comme un reptile, le résultat était impressionnant. Pressé par mes questions, il m'expliquait sa technique quand il s'arrêta brusquement en pleine phrase. *Une maladie de peau ! Il faudra te faire une maladie de peau, un truc hyperchiant te rendant intolérant au moindre produit, on te fera un avis médical stipulant que ta peau ne doit recevoir aucun maquillage.*

Rosacée, psoriasis, dermatite atopique, vitiligo, acné, eczéma, folliculite, gale, impétigo, herpès, kératose pilaire, hidradénite suppurée, scarlatine, zona… De nos smartphones sortaient des noms et des visages douloureux qui faisaient notre joie. Une maladie de peau avait le double avantage de nous permettre d'éviter la case maquillage tout en détournant les regards. L'art du maquillage emprunte habilement les chemins de la magie, il dévie les regards en attirant ailleurs l'attention. Même dans les compositions les plus spectaculaires se glissent des subtilités de ce genre, comme des contretemps en musique qui viennent rompre une régularité. Mal convoqua ses maîtres, Dick Smith à qui l'on devait *Taxi Driver, Amadeus, L'Exorciste, Little Big Man,* un de mes films préférés. *Le Parrain,* c'était lui, puis vint Rick Baker, le plus capé, pas moins de sept Oscars… Tous ces gars avaient fait des milliers d'essais infructueux avant de trouver la combine qui allait authentifier le maquillage, lui donner vie, un souffle tenant parfois à peu de chose, et bien souvent pas à la vraisemblance pure et dure.

Restait les cheveux, on pouvait raser ou en rajouter. Raser simplifiait beaucoup de choses, cela évitait de passer entre les mains de quelqu'un, ce qui en cas de perruque nous serait fatal, mais je m'étais déjà rasé les cheveux, notamment pour mon interprétation césarisée, c'était il y a plus de vingt ans mais le risque ne valait pas la peine d'être couru. On opta provisoirement pour un quart de perruque. Dans cette perspective, Mal me coupa une grosse mèche de cheveux afin que le posticheur puisse assortir le rajout à la teinte naturelle de ma coiffure. Nous avons écarté tout projet de teinture qui aurait compliqué la transformation et ajouté de l'artifice. Un maquillage, me dit-il, doit jouer avec le naturel d'un visage, il ne peut pas être une addition longue comme le bras d'entortillages. C'est une combinaison minutieuse de vrai et de faux.

En l'état actuel de nos réflexions, nous décidâmes que seul le producteur de ce premier tournage devrait être informé de l'affaire et ce pour des raisons logiques de contrat. Par la suite, si l'aventure devait se poursuivre, nous aurions l'expérience nécessaire pour faire face aux aléas.

J'avais un ami producteur, seul rescapé du génocide que j'avais entrepris depuis que Decarssin m'avait subtilisé Ophélie. Paul Khun, un Alsacien. Nous nous étions rencontrés sur un film désespéré au tournage improbable en Ouzbékistan, le genre de projet qui met dix ans à se monter et vingt-cinq pour se désendetter. Le scénario avait été écrit par sa chérie de l'époque. Il avait tout hypothéqué pour le tourner. Grand souvenir et encore plus grande déception, mais il en était ressorti une solide amitié entre nous, nous nous considérions souvent comme les deux seules personnes au monde à avoir vu et aimé ce film, nous formions par conséquent un petit club dont il était le président et moi le secrétaire perpétuel. Les statuts de ce club prévoyaient de se réunir chaque 18 mars, date de sortie du film, pour un dîner à l'hôtel Lancaster, rue de Berri, siège de l'immortelle soirée de veille de sortie. À l'époque, nous nous étions retrouvés une dizaine et notre principal point commun était de n'avoir aucune illusion sur le nombre d'entrées du lendemain, excepté le réalisateur qui soutenait mordicus que le film ferait un joli score, arguant l'excellente critique dans *Télérama*, ce qui aux yeux de Paul Khun représentait justement le signe le plus inquiétant. Ce soir-là, passé un certain nombre de verres, le ventre tordu d'angoisse, je me mis à siffloter « The Green Leaves of Summer », Paul reconnut tout de suite la chanson tire-larmes du film *Alamo*. *Alamo* résumait assez bien l'état d'esprit de notre veillée d'armes, j'étais Davy Crockett, lui le colonel James Bowie, et la journée à venir s'annonçait fatale. Ce qu'elle fut.

Ses multiples ressources l'avaient protégé de la banqueroute et, devenu maintenant plus avancé en âge et résolument solitaire, il partageait sa vie entre l'Afrique du Sud et la rue de la Pompe où il possédait, au fond d'une impasse, un splendide hôtel particulier où il donnait des dîners réputés. Du temps de sa splendeur, des patrons de chaîne, des comédiennes, des scénaristes s'y pressaient. Nombre de projets ont vu le jour chez lui, arrosés de son blanc préféré, un Lynch-Bages dont il n'était jamais à court et qui venait en saison accompagner des fagots d'asperges blanches et des effilochés de jambon. Au fil des années, le nombre de convives s'est considérablement restreint. Le vin blanc coûteux fut remplacé par son propre vin qu'il produisait dans un somptueux domaine qu'il avait acheté à Lourmarin, un rosé sans appellation mais étonnamment charpenté qu'un gars du coin vinifiait pour lui. Paul était toujours en activité mais avait nettement réduit la voilure, il ne s'engageait maintenant que sur des projets faciles, aux investissements limités et aux rapports sûrs. Le cinéma ne le quittait pas mais, contrairement à moi, il pouvait à sa guise s'engouffrer dans un projet afin de satisfaire ces crises de manque. Depuis l'échec de notre film, nous avions convenu tacitement de ne plus retravailler ensemble, comme si un instinct superstitieux nous retenait d'être amenés à se considérer chacun comme le chat noir de l'autre. Les années passaient et ni lui ni moi n'avions émis le souhait de remettre le couvert. Notre amitié reposait beaucoup sur ce pacte, il n'avait rien à me promettre et je n'avais rien à lui demander. Au fil des années, notre misanthropie est venue sceller tout cela, nos flèches décochées sur tous ces uns et ces autres du cinéma hexagonal pendant que sa fidèle Madeleine nous préparait le dîner. Vus de loin, on devait ressembler à deux cornichons dans un pot de vinaigre, mais nous nous séparions toujours en nous promettant de nous revoir au plus vite. Nos fins de parcours s'appréciaient.

J'aimais cet homme cultivé et excentrique, l'argent n'avait pas corrompu ses enthousiasmes et sa folie. Sur le chemin me conduisant chez Mal, j'avais pensé à lui immédiatement, et pour tout dire, en cas de refus de sa part, je ne donnais pas cher de cette aventure. De tous les producteurs et productrices que j'avais connus, il était le seul à dégager ce parfum de fourberie et de manigance qui participait à la légende du septième art et faisait frissonner la profession désormais tenue par des numéros de série tout droit sortis d'HEC.

Paul était suffisamment cinglé pour trouver l'idée à son goût. La promesse de berner le cinéma hexagonal pour lequel il avait laissé suffisamment de plumes pour garnir un édredon cévenol lui ferait certainement lever son énorme verre ballon rempli de vin rose et de glaçons et déclamer sa citation préférée de Lord Byron, gêné en cela par une cigarette fine coincée dans une grimace : « Et après tout, qu'est-ce qu'un mensonge ? La vérité sous le masque… »

Mais je devais attendre son retour d'Afrique du Sud. Il m'avait juré par SMS qu'il me consacrerait sa première soirée, en tête à tête, rue de la Pompe. Je l'avais sérieusement appâté en lui parlant d'une idée de film dans lequel je ne voulais surtout pas être acteur, histoire de ne pas tuer dans l'œuf son envie de me voir.

Et c'est exactement ce qu'il fit. Fraîchement débarqué, le teint cuivré, la chemise blanche au col droit remonté comme un polo Lacoste du côté de Saint-Clément-des-Baleines au mois d'août, il m'avait écouté avec des billes bleues de plus en plus rondes, ces gros doigts avaient cessé depuis un moment de ponctionner des noix de cajou aromatisées à la truffe noire, et lorsque j'eus fini mon exposé, Jean-Sébastien Bach reprit enfin ses droits parmi les canapés et les Bacon disposés en triptyque au-dessus de la peau de grizzly. Ses rides blanches épargnées par le soleil zoulou disparurent quand un sourire progressif remonta des méandres de ses pensées calculatrices, il tentait visiblement de trouver un argument imparable pour m'arrêter mais, n'y parvenant pas, il se contenta d'attraper son rosé piscine en lâchant sa phrase fétiche de Byron. Pour une fois, elle ne lui servirait pas d'excuses pour une tractation financière douteuse, cette citation semblait taillée à la plume du désespoir pour mon projet. Il était donc d'accord et ce d'autant plus que, depuis des mois, il travaillait sur la production d'une comédie, une histoire de couple qu'il qualifiait de sympa, il attendait l'accord de Jean Dujardin et de Marion Cotillard pour lancer la préparation. Selon lui, il y avait un rôle de psy pour moi, deux scènes hilarantes, une avec chacun des protagonistes, qu'il avait fait rajouter après les avoir écrites. Une journée de tournage, parfait pour mes contraintes de maquillage. Effectivement, c'était parfait, ce rôle aurait été parfait pour moi, Albert Stefan, être aux côtés de ces deux acteurs m'aurait plu mais bon…

La machine Paul Khun se mettait en marche devant moi, désormais mon projet devenait le sien, et j'avais décidé de ne lui opposer aucune inertie. Sans lui, il avait plus de chances de rester un fantasme. *Pour que ça fonctionne*, me dit-il, *il faut te faire passer pour mon ami, un ami de province qui n'a jamais fait de cinéma, le fait du prince, je l'impose, point barre. Une fois qu'on a léché les culs, il faut fermer sa gueule et avancer. Je mets tout le monde devant le fait accompli.*

Parfois, il s'éloignait considérablement de Lord Byron.

Je lui ai montré l'avancement du maquillage. Mal avait bossé comme un fou, mettant entre parenthèses son activité professionnelle. Il avait pondu quelques propositions assez troublantes. Pour l'une d'elles, il m'avait fait une barbe hirsute me donnant une allure de berger chez Giono. Paul s'en saisit et l'observa longuement, puis il l'abattit devant moi tel un carré d'as.

I get it ! Tu seras berger, un berger de Provence. J'ai une maison à Lourmarin, on va dire qu'on s'est connus un jour où je devais aller chercher un ami en gare d'Avignon. Ses moutons étaient sur la route, comme un con de Parisien pressé, j'ai klaxonné, le troupeau a explosé. Ses chiens couraient partout. Il s'est approché avec son bâton pour taper mon Range, je suis descendu, on s'est engueulés. Au moment de se saisir par nos cols respectifs, son téléphone a sonné, ce con a décroché en s'excusant, je l'ai regardé parler sans finir ses phrases. Visiblement, à l'autre bout, ça faisait des reproches, puis il a rangé son téléphone dans sa poche, s'est retourné vers moi en m'annonçant que sa copine le quittait. On a oublié la bagarre, je l'ai ramené chez moi, on a bu du rosé toute la nuit. Je l'ai écouté raconter ses malheurs conjugaux en me tordant de rire, ce type avait un don. Depuis, c'est mon ami, et je me suis toujours dit qu'un jour je le ferais tourner. Ça te va ?

C'est comme ça qu'il fut décidé que ma créature serait berger du côté de Lourmarin, fraîchement largué par sa dulcinée.

La barbe imaginée par Mal, qui nous permettrait de dissimuler bon nombre de frontières délicates entre la vraie peau et la fausse, prenait tout son sens.

J'étais heureux, Héloïse se demandait ce qui pouvait pousser son père vers ce climat printanier, Magalie, quant à elle, était convaincue que les bienfaits de sa reprise en main commençaient à se faire sentir. Elle n'avait aucun rôle à me proposer mais elle n'en démordait pas, *Ça reviendra, ça revient toujours.*

J'étais loin d'Albert Stefan, et cet éloignement m'allégeait, mes jours étaient occupés par la création de mon avatar. Les rendez-vous chez Mal se succédaient, nous avions testé plusieurs nez, il cherchait le rajout qui aurait le meilleur ratio entre deux impératifs : métamorphose et discrétion. Des dizaines de protubérances trônaient sur leurs supports en attendant le verdict. Mal avait pour l'occasion thermoformé des plaques de nez, comme des moules à cannelé, sur lesquels les prothèses reposaient. Il y en avait de toutes les formes, du petit pointu au gros bourru. Finalement, nous nous décidâmes pour un nez en quatre parties, une prothèse viendrait augmenter l'arête en partant de la racine sans toutefois recouvrir complètement le dos, deux autres, sur les sillons nasogéniens, changeraient l'aspect des ailes, et une pièce me dessinerait un nouveau septum, ce petit sillon qui part de la lèvre supérieure et remonte sur le bout du nez. Plus le vocabulaire était technique et plus on se rapprochait du monde de la science, je faisais la nique à mes deux frères aînés chirurgiens. Ces mots, précis, nous amenaient vers un chemin possible, je les enregistrais sans laisser de traces comme dans les films d'espionnage.

Mal avait déjà passé commande de lentilles sclérales. Comme leur nom l'indique, elles ont la particularité de reposer sur la sclère, la partie blanche de l'œil. Enveloppantes, elles débordent largement de l'iris, c'est une tannée à poser mais elles sont moins repérables que des lentilles de contact. Nous avions convenu d'un regard bleu intense, il fallait que les yeux de ce berger ressortent dans cet univers capillaire foisonnant. Des yeux bleus, c'était mon rêve.

Paul Khun nous pressait de lui faire parvenir nos avancées, il se vivait comme le chef d'orchestre de cette aventure, il se métamorphosait en Phineas Taylor Barnum et d'une certaine façon il n'avait pas tort, ni pour le côté imprésario ni pour l'aspect *freak show*. Paul avait instauré un dîner de travail hebdomadaire chez lui, en général le samedi. On sortait les ordis, les photos, on punaisait, on se reculait, on donnait son avis. Pour plus de sûreté, Paul congédiait ces soirs-là sa fidèle Madeleine, nous mangions du traiteur italien haut de gamme dans des barquettes en plastique, il ne savait pas où se trouvaient les assiettes et les couverts. L'idée d'ouvrir les portes d'un placard lui aurait paru incongrue, une perte de temps inadmissible. Cet homme avait fait en sorte que l'argent accumulé lui permette de se débarrasser de toutes les contingences bassement matérielles. Dès lors, chercher un ustensile de cuisine pouvait s'apparenter à une absurdité contredisant des années d'existence.

La nouvelle tomba alors que nous étions sur le point de parvenir à un visage qui nous satisfaisait. Nous l'avions même testé dans le quartier, un essai grandeur nature : je m'étais promené, j'avais demandé mon chemin pour enregistrer les regards, essayer de détecter ceux qui s'attardaient un peu trop. Un SMS minimaliste de Paul fit tinter nos téléphones en pleine rue : « JD & MC OK, prépa lancée ce jour. » Juste ce qu'il fallait de mots pour comprendre. Nous nous sommes regardés, Mal et moi, avec une étrange gravité. Me revenaient ces scènes d'attente dans *Le Jour le plus long* brutalement interrompues par un téléphone tintamarrant en gros plan sur fond de hangars vides, un court appel d'un gradé donnant le feu vert pour l'Operation Overlord. Romain Gary avait participé à l'écriture du scénario, c'est peut-être pour ça que ce film traversa mon cerveau sur un trottoir en pente de Montreuil. On avait encore quelques semaines devant nous, mais ce message et ce qu'il impliquait dévorait d'une lampée le temps qui nous restait.

Jean Dujardin et Marion Cotillard avaient donné leur accord. Le film allait se tourner et Pascal Pélisson entrer en scène.

Le nom a donné lieu à des discussions interminables où franche rigolade et plus grand sérieux alternaient à un rythme effréné, nous avions décidé que chacun établirait de son côté sa petite liste afin de pointer d'éventuelles récurrences, il n'y en eut aucune. Nous avons cherché sur des sites des patronymes de véritables bergers mais le résultat fut consternant de banalité. Il n'y a pas de noms de berger. Un seul point nous réunissait, ce nom se devait d'être joueur, sûrement influencé par Romain Gary, nous voulions qu'il sonne, concept bien relatif, qu'il évoque notre aventure, qu'il contienne cette folie qui désormais occupait nos vies presque à plein temps. Le prénom découla d'une mise en abîme orchestrée par Paul, verre de rosé en main, une saillie lumineuse tout droit sortie de ses séances de brainstorming du temps où il était publicitaire. Il ne manquait qu'une baie vitrée donnant sur la ville et le *paperboard* derrière lui. « Attendez, attendez, berger égale mouton, qui dit mouton dit agneau, agneau, agneau, pâques ? Pâques égale pascal, Pascal. »

Le prénom était trouvé, restait le nom. Nous concentrions nos recherches sur un patronyme qui sentait le thym et la sarriette, un nom du Sud, pagnolesque, un Sud de magazine parisien, un Sud de matinale à la télévision, Mal nous a hurlé *Boniface !*, brutalement tiré de sa léthargie par sa trouvaille. Paul cria au génie, *Bill Walsh :* One Hour in Wonderland, Davy Crockett, Monte là-dessus ! *Bill Walsh, un scénariste de malade, les prises de vue réelles pour Disney, c'est lui. Il est mort trop tôt, ce type, Boniface, Basile et Boniface, Br'er Fox and Br'er Bear. Mal, tu es un génie !* Nous nous sommes regardés, Mal et moi. Nous n'avions rien compris, pas un nom, pas un titre ne nous disait quelque chose, nous restions quelque peu interdits. Mal reconnut penaudement que sa fierté était mal acquise en nous expliquant que sa chérie préférée du moment s'appelait Bonie et que du coup Boniface lui était venu, vu qu'il travaille sur mon visage et qui dit visage dit face, ajouta-t-il en se tournant vers Paul auprès duquel il espérait reconquérir ses galons subitement perdus. Paul ne l'écoutait déjà plus, le nez plongé dans son smartphone afin de remonter à la surface de notre ignorance quelques preuves bien tangibles que ce qu'il venait de dire tapait dans le dur de la cinéphilie. Mais cet homme habitué à ruminer sa solitude et à dominer le collectif releva la tête avec un tout autre poisson au bout de son hameçon, *Le Dernier de la liste* de John Huston. Il fallait qu'on regarde ça à tout prix. Un film génial, d'après lui, dans lequel quelques stars de l'époque rendues méconnaissables constituaient la grande et unique surprise du film. Il nous imposa la bande-annonce que Mal assassina en reconnaissant Burt Lancaster, Sinatra et Mitchum malgré leur maquillage. Il porta l'estocade en pointant le travail certes excellent pour les années soixante mais quelque peu daté de nos jours de John Chambers. J'en rajoutais une couche, feignant d'interroger Mal avec un air pénétré sur sa jambe perdue en Corée, anecdote que je tenais de Mal depuis peu.

Pascal Boniface, une bonne face et une heureuse destinée, c'est ce que nous voulions pour ce nouvel acteur de soixante piges qui allait débarquer dans le cinéma français. Son nom, nous en étions sûrs et certains, ferait penser au film de Pagnol *Le Schpountz*, un jobard se croyant artiste.

Très vite, il fallut déchanter. En vérifiant sur Internet, je découvris que Pascal Boniface existait, un géopolitologue, directeur d'un institut. Après un courant d'air froid, nous convînmes qu'il serait inutile et dangereux de le contacter. Paul tenait à sa petite envolée et à garder Pascal, aucune raison de le changer. Restait le plus compliqué. Calisson fut avancé timidement par Mal, sans autres explications qu'il aimait ça, les calissons. Je fis alors remarquer que Pascal Calisson n'était pas fluide en bouche. C'est alors que me revint en mémoire un ami lyonnais qui tenait un restaurant, un fou de théâtre et de cinéma, amoureux des artistes et le cœur en bandoulière. Pélisson, Philippe Pélisson. En me voyant rédiger un texto pour le prévenir, mes deux complices me firent remarquer qu'il serait malvenu de lui mettre la puce à l'oreille. Nous devions être les trois seules personnes au monde à être au courant de la supercherie.

Le berger s'appellerait Pascal Pélisson. Ça sonnait bien.

Le maquillage évoluait vers un être barbu, à la peau burinée et desquamante, mais il nous fallait trouver un pendant aux yeux bleus, une touche vive quelque part, gaie si possible. Mal évoquait les dents, il me présenta toute une gamme de changements dentaires envisageables pour apporter ce petit plus que nous recherchions. À l'appareil métallique sur lequel reposerait la dentition retenue, nous pouvions intégrer un « plumper » de chaque côté afin d'élargir le visage. Il évoqua la prétendue trouvaille de Marlon Brando dans *Le Parrain*, ses légendaires bourres de coton qu'il se serait lui-même fourrées dans la bouche. En fait, c'étaient des plumpers fabriqués par Dick Smith. Mal prit son porte-empreintes et réalisa immédiatement un négatif de mes deux maxillaires.

On me reprochait souvent de ne pas assez sourire. Les séances photos, les fameux shootings, étaient pour moi des moments de torture, surtout lorsque le photographe se mettait en tête de m'arracher ce fichu sourire. J'avais à chaque fois l'envie de décliner la phrase de Byron : « Qu'est-ce qu'une larme ? Un sourire sous le masque… »

Cette obsession du sourire m'a toujours copieusement irrité. Depuis les mariages de cousines dans des châteaux de location jusqu'à ce métier où l'apparence règne en maître, j'ai le sentiment que l'on me poursuit avec ça. Je n'ai jamais su sourire à la demande, et plus on me pressait moins ça venait. Mais pour Pascal Pélisson, j'avais l'intuition d'une face souriante, ce bonhomme se devait de ramener de son Sud plein de brebis des tresses de jovialité fraîchement cueillies du matin. Mal saisit cette confidence pour me proposer de lui faire des dents du bonheur, un diastème, précisa-t-il, un diastème inter-incisif. *Tu pourras sourire. C'est joyeux*, poursuivit-il. *On associe souvent ce genre d'écart dentaire à la bonhomie, ce qui doit être totalement faux mais c'est le genre de détail que l'on réserve par convention aux personnages naïfs et gentils.*

Quelques jours plus tard, j'essayais la prothèse dentaire. Mal travaillait de jour comme de nuit, et son teint d'ordinaire assez pâle virait depuis quelque temps au blafard. Il avait l'habitude de sous-traiter les appareillages dentaires mais, pour notre opération, il ne déléguait plus rien, hormis la petite perruque qui n'était pas dans son champ de compétences s'apparentant pourtant à une plaine. Assis dans son fauteuil de coiffeur années cinquante, il disposait ses produits et son matériel. Il sentait fort, le bougre, ce projet et les différents films qu'il devait honorer ne lui permettaient plus de prendre le temps d'une douche.

Une série de dents très fines en résine acrylique thermoformées venait se coller parfaitement aux miennes, les plumpers se révélèrent magiques, ils mirent fin à mon angoisse principale : ma voix, ou plus exactement sa voix. Ma notoriété actuelle lui devait tout ou presque. Si mon visage disparaissait des écrans au fur et à mesure des années, elle restait grâce à quelques travaux de doublage encore présente dans les oreilles des gens, oreilles maintenant équipées d'appareils car ce public de connaisseurs vieillissait. Je ne savais pas comment résoudre le problème. Je n'ai jamais été très doué pour les accents, et pour tout dire je n'ai été que très exceptionnellement séduit par le jeu des comédiens qui en faisaient leur spécialité, ni par ceux parlant couramment plusieurs langues. Je ne suis sans doute pas tombé sur les bons, mais ils me donnaient l'impression étrange que la sincérité devait être une matière soluble, car en les écoutant papillonner vocalement, je constatais souvent qu'elle se perdait dans leurs pirouettes tonales.

Sitôt les dents collées sur les miennes, un chuintement feutra mes premières exclamations. La présence de cet appareillage me contraignait à une certaine prudence qui colorait ma voix. Nous convenions qu'il y avait là une piste à explorer, je devais entretenir cette gêne et en faire mon porte-voix. Ces dents écartées et la luminosité du visage qui en résultait donnaient presque malgré moi à entendre du soleil. Pas d'accent mais une légèreté, un timbre plus féminin. Mal me fit parler, il me bombardait de questions toutes plus stupides les unes que les autres juste pour écouter le son de cette voix toute neuve qui s'invitait et me jura sur ce qu'il avait de plus sacré, c'est-à-dire un dessin de Philippe Druillet dédicacé, qu'il lui était impossible de reconnaître mon timbre. Il tenta de me le prouver en m'enregistrant afin de pouvoir faire la comparaison avec les nombreux messages que j'avais laissés sur son répondeur. Le résultat semblait convaincant. *Mais lorsqu'on te voit, la différence est encore plus frappante.*

On entend ce qu'on voit, me dit-il, *cette dentition agit davantage sur notre cerveau que sur ta propre voix.*

La préparation du film avançait. Paul s'était empressé d'imposer ce Pascal Pélisson au réalisateur Luc Tournant, un faiseur de films qui tentait désespérément de faire oublier l'échec commercial et critique de son premier long. La profession, comme elle en a régulièrement l'habitude, l'avait porté aux nues dès son court métrage. À peine sorti des limbes, on l'annonçait comme la relève, les porte-monnaie avaient été retournés au-dessus de la grande table, il s'était senti pousser des ailes, mais pas assez grandes pour soulever le melon qu'il avait pris dans le même temps. Il était resté à terre. Le résultat fut un film que son dernier carré s'acharne encore aujourd'hui à trouver baroque, qualificatif très utile lorsqu'on ne comprend pas ce qu'on voit. Cette œuvre était faite d'un mélange de références plus ou moins digérées, de quelques errances de cadre qui se présentaient pompeusement comme des ruptures, d'une hystérie recherchée jusque dans les moments les moins propices. Son film se voulait le premier opus d'un triptyque, mais tout le monde s'accorda pour différer le plus longtemps possible les deux volets suivants. Depuis, il se rattrape en se portant acquéreur du moindre film à vedettes, il prend tout. Avec lui, les stars sont tranquilles, il se contente de rire sur son siège derrière son combo quand le ton est à la comédie et, lorsque la scène se veut émouvante, ne fût-ce qu'un tantinet, il se précipite au-devant de ses interprètes en relevant sa manche gauche pour montrer ses poils prétendument dressés. Sur ses tournages, c'est le corbeau et le renard tous les jours, ça pue le fromage écrasé.

Mais depuis quelques jours, Luc Tournant était embêté. Un célèbre agent qui s'était au fil du temps constitué une petite collection d'apparitions plus ou moins réussies dans la production cinématographique française disait à qui voulait l'entendre qu'il jouerait le psy aux côtés de Jean Dujardin, son idole. La fonction créant l'organe, il pensait rendre la chose effective en le claironnant un peu partout, un ami d'un ami d'un ami le lui avait rapporté et, pour Luc, qui ne survivait que par l'entregent, annoncer à cet agent influant que le rôle était déjà pris, de surcroît par un inconnu, relevait de la mission suicide. Pour achever sa contrition, la directrice de casting Françoise Moulinet embauchée pour les besoins du film voulait absolument de son côté y caser sa conquête du moment, un beau gosse dont le principal talent semblait d'avoir vingt ans de moins qu'elle.

Paul Khun ne fit même pas semblant de comprendre les tourments de son réalisateur, il prit un plaisir immense, sa grosse patte posée sur son épaule, à lui signifier que ce n'était pas négociable, que l'agent pourrait aller se faire voir, car chez lui le darwinisme l'emporterait toujours sur le lamarckisme, ce qui laissa Luc Tournant plus interdit que les abords immédiats de la frontière nord-coréenne, et quant à la directrice de casting, il lui indiqua que son film ne saurait être un site de rencontre pour femmes mûres, le repeuplement de ses nuits n'étant pas sa préoccupation immédiate. Il prit soin malgré tout de tranquilliser Luc Tournant en lui assurant qu'il comprendrait sa démission si sa conscience artistique s'en trouvait abîmée.

Mais l'affaire ne fut pas réglée pour autant. Les deux vedettes, sans doute alertées par le réalisateur désormais ulcéreux, avaient profité d'un dîner pour sonder Paul sur le psy, petit rôle décidément attractif, mais celui-ci leur fit gentiment remarquer qu'au-delà d'une certaine somme on n'achetait pas seulement le talent d'une star mais également son silence. Paul Khun n'en avait plus rien à foutre de rien et cela lui faisait arborer un sourire coquin surmonté de deux fentes bleues qui faisaient ma joie.

Le rôle resterait à Pascal Pélisson.

Il commençait à intriguer, ce Pélisson. Les assistants, qui venaient gonfler les rangs de l'équipe au fur et à mesure de l'avancement de la préparation, réclamaient à son sujet divers renseignements administratifs, mais Paul débitait alors son petit couplet, *C'est un ami, je vous donnerai tout ça en temps voulu.*

Le nom fonctionnait à merveille, à en juger par les sarcasmes qu'il récoltait. Personne ne le connaissait qu'il se retrouvait déjà vêtu pour quelques hivers.

La pression montait à l'approche du tournage, Luc Tournant voulait organiser une lecture avec tous les comédiens, espérant ainsi découvrir l'ami en question, mais là encore Paul, qui l'avait vu venir depuis Issy-les-Moulineaux, avait clos le débat en lâchant cette info qui ferait grand bruit : *Il ne peut pas, il garde ses brebis.*

Un berger allait monter à Paris pour faire l'acteur.

Nous dûmes rembarrer la costumière qui tenait absolument à lui faire essayer quelques tenues : Paul Khun l'invita à dîner dans un restaurant plein de vedettes et celle-ci consentit à ne pas le voir avant le tournage. Le coiffeur et la maquilleuse n'ont pas insisté en entendant le nom de la maladie de peau que Mal avait trouvée, une hidrosadénite suppurée renforcée d'un eczéma, et que Paul s'était empressé de leur confier sous le sceau du secret. Une confidence dans ce milieu étant un virus hautement transmissible, l'équipe serait bientôt prévenue et se tiendrait à bonne distance, c'était le but recherché.

Pascal Pélisson arriverait sur le tournage avec ses vêtements et sans maquillage. C'était réglé.

La préparation du film touchait à sa fin, *Monsieur vs Madame* n'allait pas tarder à devenir un tournage parisien avec ses cars-loges à cheval sur les trottoirs et ses rubalises pour empêcher le riverain de se garer, avec sa tente de cantine, ses camions de location tout noirs. Le titre n'était pas extraordinaire mais aucune proposition n'était parvenue à le détrôner alors, de provisoire, il passa à définitif et le tournage fut annoncé ainsi.

Pascal Pélisson allait entrer en piste, à pied et tout seul. Le premier jour était fixé au mois de mai, juste après le festival de Cannes. Sur le plan de travail, il devait intervenir le 3 juin, la séquence 32 avec Jean Dujardin était prévue le matin, et la 89 l'après-midi avec Marion Cotillard. Le film était construit en deux parties presque égales, on suivait les tribulations de monsieur puis celles de madame, chaque séquence se déclinant du point de vue de l'un puis de l'autre, avec son lot de surprises, de contrepieds et de fausses pistes, rien d'original mais le tout était efficace et souvent drôle, particulièrement Émile Poirot, un type joyeux et bavard à mille lieues du psychologue taiseux et écoutant l'œil plissé.

Au cours d'un de nos derniers dîners récapitulatifs rue de la Pompe, Paul nous donna une grosse enveloppe brune à ouvrir expressément devant lui. Il prit soin au préalable de nous faire retirer les puces de nos téléphones comme dans les rendez-vous interlopes. Une fois l'enveloppe fendue d'un doigt intrigué et son contenu étalé sur la table basse du salon, il perça notre silence. *Vous n'aviez pas pensé à ça ? Heureusement que je suis là.*

Devant nos faces déconfites se tenaient une carte d'identité, un certificat de domicile, un permis de conduire et un imprimé d'une banque en ligne, le tout au nom de Pascal Pélisson. Effectivement, l'aspect administratif de l'aventure nous avait quelque peu échappé. Nous restions interdits devant le contenu frauduleux de l'enveloppe, et ce que cela impliquait, les risques que désormais nous prenions. Nous avions l'étrange sensation de basculer dans le chapitre sérieux de notre histoire, celui qui borne le point de non-retour, à partir de maintenant on ne jouait plus, nous étions des faussaires, nous encourrions tous la prison.

Pascal Pélisson était maintenant en règle et, par un effet de balancier, nous rentrions dans l'illégalité. Je tripotais pensif un bout de rectangle de plastique coloré, tout y était, ses prénoms, ses date et lieu de naissance, la signature de l'agent assermenté, tout. Elle n'était même pas neuve, elle avait la patine des cartes qui traînent n'importe où sauf dans un porte-cartes, le plastique se décollait par endroits. Une vraie. *La carte, le permis de conduire et le certificat de domicile, c'est Bébert, un vieux pote accessoiriste, je l'ai vu faire des miracles sur des tournages, il avait un problème de toiture... C'est réglé...*

Je le connaissais, ce Bébert, depuis notre tournage en Ouzbékistan, un bricoleur de génie qui pouvait sortir de son camion des solutions miracles. Il avait traversé la moitié de l'Europe avec sa roulotte, un vieux Saviem 4x4 de pompier rempli de matériel suspect, pour rejoindre l'équipe, passant toutes les douanes avec son sourire sans dents et sa bonhomie légendaire, et pourtant chaque frontière, au vu de ce qu'il transportait, pouvait être sa dernière. En pleine montagne sur les chaînes du Tian Shan à trois heures de marche de sa camionnette au trésor restée au camp de base, nous avions besoin d'une arme à feu, un pistolet, on avait oublié de le prévoir à la feuille de service. Bébert ne se démonta pas le moins du monde, il trouva un bout de genévrier et entrepris de nous en sculpter un, le résultat fut tel que cette arme fit tout le film sans que personne remarquât jamais que ce n'était qu'un simple bout de bois taillé et peint. Il trône maintenant chez moi.

Pascal Pélisson existait, il avait même un RIB, preuve absolue de nos jours. Le reste de la soirée fut feutré, comme si chacun pesait discrètement le poids de ce que nous avions entrepris. La date de tournage se rapprochait. Sans doute poussés par cet état civil étalé sur la table basse entre les verres de rosé et les barquettes d'antipasti, nous avons réglé le déroulement de cette journée comme s'il s'agissait d'un casse. L'horaire théoriquement prévu était un 10h-18h, le PAT était donc 10h, ce qui veut dire que Pascal Pélisson devrait être prêt à tourner à dix heures. L'équipe le savait désormais, il arriverait costumé et sans maquillage. Mal suggéra qu'il serait bien de s'assurer un camp de base, une chambre d'hôtel pas trop éloignée du tournage où je pourrais le rejoindre pour les raccords. C'est moi qui eus l'idée de la bétaillère-carloge, en poussant notre scénario du berger qui monte à la capitale. Je ne le voyais pas prendre le train, je me disais que ce Pélisson serait suffisamment *roots* pour tracer avec sa bétaillère, on pourrait alors lui « ventouser » une place entre deux camions de la technique. En aménageant intelligemment l'intérieur, Mal pourrait m'y attendre, il serait au cœur du tournage. La solution fut immédiatement adoptée, Paul saisit dans la foulée son portable pour informer son vigneron qu'il cherchait de toute urgence une bétaillère d'occasion.

Nous fîmes un ultime essai l'avant-veille du tournage, une sorte de répétition générale. Paul jubilait depuis un canapé en nous inondant de comparaisons cinéphiliques où le pointu le disputait à l'exigeant. Lorsqu'il cita Emil Jannings en clown dans *L'Ange bleu,* nous eûmes un petit moment d'effroi, mais nous nous aperçûmes que Paul était moins préoccupé par la ressemblance qu'à dresser la liste la plus exhaustive possible des comédiens barbus bizarres du septième art, ses références étant exclusivement américaines. Pour le faire bisquer, nous répondions par un équivalent franchouillard, ainsi Jeff Bridges fut opposé à Michael Lonsdale, Jim Carrey se voyait répondre Jacques Dufilho, George Clooney contré par Jean-Claude Drouot.

Le maquillage fonctionnait, les quelques tests grandeur nature que nous avions organisés avaient été couronnés de succès, pas un regard suspect ne fut enregistré, nous avions même poussé le vice jusqu'à me faire circuler dans mon quartier et les commerçants n'y avaient vu que du feu. La boulangère, fan absolue d'Albert Stefan, me servit une baguette pas trop cuite comme j'en avais l'habitude sans m'accorder la moindre attention. Pour être fixé, je me devais de franchir la porte de mon quincaillier que je fréquentais quotidiennement. Après les salutations d'usage, je lui demandais des sacs d'aspirateur de la même marque que le mien, un vieux modèle, il n'en commandait que pour moi, et il me répondit que j'avais de la chance et ajouta sur le ton de la confidence qu'il en gardait toujours un ou deux pour Albert Stefan avec clin d'œil à l'appui. Je m'engouffrais dans l'ouverture pour lui demander qui était cet Albert Stefan, ce fut un triomphe et une grosse erreur, ce commerçant me confondait avec Clovis Cornillac. Depuis des années, ce con me faisait des sourires et des ristournes qui ne m'étaient pas destinés, pas un film cité sur un ton connaisseur ne m'avait à son générique. Je suis reparti avec mes sacs d'aspirateur tel Pyrrhus Ier en me raccrochant désespérément à l'objectif de cette mission. Il était atteint mais ce commerçant me faisait presque douter de l'utilité de porter un maquillage pour ce rôle de psy.

Le jour J, Mal m'avait donné rendez-vous à trois heures du matin dans son atelier de Montreuil. Il avait prévu large mais la fébrilité nous ferait certainement apprécier cette marge. La veille, nous avions aménagé la camionnette que Paul avait fait remonter de Puyvert sur plateau car l'état du véhicule n'autorisait pas d'espérer un trajet sans encombre. En la voyant, nous nous sommes dit qu'elle valait amplement la bouchée de pain qu'elle avait coûtée. Le sol était recouvert de paille et de vieilles planches posées là pour que les pattes des bestiaux ne passent pas à travers la tôle du véhicule, ça sentait le gasoil et l'animal mais la plaque arborait un beau 84, et c'était ce qu'on voulait. La régie du film nous avait confirmé qu'une place l'attendait avenue de la Bourdonnais entre les cars-loges et le camion MC. Ma feuille de service imprimée indiquait que Pascal Pélisson était donc convoqué pour un PAT à dix heures et qu'il se rendrait sur le tournage PPM. Rien que ce document était une victoire. Calé dans le fauteuil de Mal, je regardais le maquillage avancer, les prothèses étaient toutes collées, nous avions décidé de faire tomber un peu les yeux et le résultat nous plaisait, il y avait du Charles Bronson dans ce regard. Ma nervosité disparaissait à mesure que mon visage s'effaçait, Pélisson se profilait, il montait en moi comme ce soleil de juin qui nous annonçait la journée à venir. Mes yeux devenus bleus semblaient me dire adieu, Mal soufflait et transpirait, moi, j'étais calme, je me sentais à l'abri, inattaquable, protégé, un sentiment de puissance sereine remontait de mes jambes, envahissait mes cuisses, me réchauffait le ventre et donnait à mon poitrail la puissance d'un soufflet de forgeron. À six heures du matin, nous étions prêts. Du costume qui m'avait été livré je n'avais gardé que la veste ou ce qu'il en restait. Cette andouille de costumière avait prévu un costume tendance, alors je l'ai patiné, je l'ai souillé, j'ai remplacé la chemise par un tee-shirt d'arracheur d'OGM et, pour le bas, j'avais ressorti un vieux velours côtelé qui faisait honte à ma fille mais dont je ne parvenais pas à me séparer, aux pieds une paire de Birkenstock sur des chaussettes de sport. Mal prit toute une série de polaroïds en plus des photos prises avec son smartphone. On avait largement le temps d'un café. Nous étions silencieux et satisfaits, on répondait à tour de rôle aux SMS de Paul qui piaffait. Les photos qu'on lui envoyait se voyaient tartinées de cœurs et de pouces levés. Il ne restait qu'à embarquer le matériel dans la bétaillère. Le GPS prévoyait quarante-cinq minutes de trajet, on était bien, le fourgon toussait. Chaque feu rouge m'obligeait à pédaler pour entretenir le moteur en fin de vie, il ne tenait pas le ralenti. Nous crachions une fumée noire qui nous valait des regards assassins de la part des papas *New Age* en vélo-cargo. Cet engin, en principe, n'avait pas le droit de circuler dans Paris et certainement sur la planète Terre, il ne fallait pas croiser la maréchaussée. L'habitacle se parfumait lentement mais sûrement d'une odeur de fromage. J'avais poussé le perfectionnisme jusqu'à acheter une caissette de brebis, ils venaient de chez Quatrehomme, rue des Martyrs, mais avec un peu de paille en dessous et en les transposant dans un carton à bouteilles, ils pouvaient très bien passer pour une production de derrière les fagots. Mon intention était d'en distribuer à toute l'équipe lors de la pause déjeuner. J'avais passé plus de temps à répéter Pascal Pélisson qu'Émile Poirot. Moi, si laborieux en temps normal, je n'avais que survolé le texte, je l'ai appris très vite, sans difficultés, mon cerveau était mobilisé par mon apparence.

Notre nuage de gasoil arriva enfin devant un assistant régie levé comme nous depuis des heures. Il accusait déjà la fatigue, on avait dû le prévenir de mon arrivée mais, en voyant l'engin et l'allure du chauffeur, il hésita à nous laisser nous garer. L'intervention de son chef mit fin à ses réticences. Une jeune fille au visage modelé par le volontarisme me proposa très efficacement un café avec ou sans sucre, je le prenais toujours sans sucre mais là, pour Pascal Pélisson, ce serait avec, je lui en demandais deux, elle me répondit *un double* ponctué d'un point d'interrogation nerveux, j'en voulais un autre pour Mal assis à l'arrière de la bétaillère, non deux, lui dis-je en souriant, elle insista pour me les mettre ensemble dans un grand gobelet m'expliquant que ce serait plus écologique, je dus résister pour en avoir deux distincts, lui faisant remarquer au passage mais toujours en souriant que ce n'était pas à moi, berger, qu'elle allait apprendre l'écologique. Un jeune assistant mise en scène arrivant tout droit du décor me dit que Luc Tournant réglait un plan et qu'il descendrait me saluer. Ma présence sur les lieux fit sortir de luxueux cars-loges les coiffeurs et maquilleuses des vedettes. Thermos de thé et clopes en main, on se présenta, des bienvenus fusaient de toute part, certains gentils et sincères, d'autres moins, les têtes hochaient à la vue de mon accoutrement, il y avait du dubitatif dans les mirettes. Je souriais abondamment, mes dents écartées prenaient l'air. On s'inquiéta alors de mes brebis, de la route jusqu'à Paris avec ce truc à quatre roues soudé à la crotte de mouton. Je prenais tout à la légère, ma voix chantait malgré moi, elle se colorait d'un Sud bizarre. *Vous allez jouer habillé comme ça ?* Cette phrase fit retourner toutes les têtes, c'était la costumière qui préférait en venir aux mains tout de suite, sans passer par la case bonjour et présentation. Sans me démonter, je lui répondis un franc et massif *Oui*, tout en précisant que c'était à prendre ou à laisser. Si ça ne convenait pas, je pouvais remonter dans ma bétaillère et repartir dans l'autre sens, le tout nappé d'un sourire que n'aurait pas boudé Raimu. Autour de moi, la petite foule éclata de rire, visiblement Pascal Pélisson venait d'assouvir ce qui les démangeait depuis longtemps, clouer le bec à cette pimbêche.

La vexée s'en retourna pour revenir quelques instants après avec le réalisateur, il n'était guère difficile d'imaginer ce qu'elle venait de lui déverser. Luc Tournant s'arrêta net à deux mètres de moi, à peu près aussi éberlué qu'une poule devant un jeu d'échecs. La cheffe costumière semblait bloquée sur la phrase *C'est pas possible*, qu'elle répétait mâchoire serrée. Finalement, il s'approcha et me tendit la main. Son petit sourire contraint ne devait son existence qu'à mon statut d'ami du producteur, il me regardait sans comprendre. Il reculait, avançait, plaçait ses mains pour faire un cadre, il se cherchait une contenance avec cette pantomime ridicule. Ces mimiques semblaient me dire que de toute façon il n'avait pas le choix, ne manquaient que les mots qui n'osaient sortir de sa bouche tordue par la frustration de n'être qu'un exécutant.

C'est Jean Dujardin qui mit fin à son numéro de réalisateur mis devant le fait accompli. Depuis l'escalier de sa loge, café à la main, il lança un *Génial* à la cantonade qui fit retourner tout le monde. Il avala les quelques pas qui nous séparaient en faisant voler les Kleenex coincés dans son col de chemise et, tout en se présentant main droite tendue, il continua à inonder le petit attroupement d'exclamations admiratives, *Génial*, *Trop bien*, *Mortel* s'enchaînaient. Il se tourna vers Luc pour lui dire qu'à la lecture du scénario il ne l'avait pas forcément imaginé accoutré de la sorte mais qu'il ne fallait surtout rien changer. La star avait donné son avis, Luc Tournant put enfin donner le sien, en tout point semblable, il trouvait mon allure surprenante mais *Vachement bien* pour le rôle. Jean me précisa qu'il se tenait à ma disposition pour me faire répéter mon texte si j'en éprouvais le besoin.

Je lui lançais que c'était bien aimable de sa part mais que je connaissais tous les mots par cœur, restait à les dire dans l'ordre. Il leva sa main gauche pour signifier que c'était comme je voulais, il m'assura que tout se passerait bien et que je pouvais compter sur lui. La prise de contact était réussie.

Intronisé par la vedette, tout le monde devint subitement prévenant et attentionné avec moi. Les propositions de café et de verre d'eau pleuvaient, des fauteuils de toile dépliés en hâte me tendaient leurs bras en fer à la moindre de mes stations. Luc Tournant s'assura lui-même de mon confort. Le premier plan de la journée était prêt, j'en étais, il s'agissait d'ouvrir une porte et d'accueillir Jean en larmes qui venait consulter.

Paul arriva quelques minutes avant que tout le monde se mette en place, il m'embrassa comme du bon pain en m'appelant Pascalou, il trouvait sûrement que ce petit nom sonnait Sud et intime, je profitais de l'étreinte pour lui glisser à l'oreille de faire attention à mon maquillage, ce qui le fit s'écarter pour me regarder. Un gros clin d'œil me fit comprendre que rien n'avait bougé. Le réalisateur se leva de son fauteuil pour le lui céder obséquieusement, Paul s'en saisit sans le calculer et se cala derrière le combo. J'étais prêt, Jean arriva en distribuant des checks à toute l'équipe, et même des bises aux complices de précédents films. Prenant à témoin le réalisateur et moi-même, il suggéra d'y aller sans répéter, j'approuvais, je me sentais étrangement léger, je n'éprouvais aucune pression, j'étais heureux, j'allais tourner avec Jean Dujardin. Ce qui aurait terrorisé Albert Stefan devenait pour Pascal Pélisson une joie toute simple, une envie de m'amuser dominait mon cerveau.

Nous étions en place, de part et d'autre de la porte, je devais avoir un gros chat mou dans les bras et dire : *Bonjour, ne faites pas attention à la pagaille, j'ai eu un dégât des eaux*. La caméra était sur Jean, on me l'avait fait comprendre comme une évidence, tout en me précisant qu'il serait là pour me donner la réplique bien sûr.

Luc Tournant réclama un peu de silence sur un ton agacé alors que le plateau était calme et concentré. Il n'y a rien de plus désolant que l'autorité qui s'affiche, j'ai toujours détesté ça, un chef c'est un chef, si tu dois dire que c'est toi le chef, c'est que tu n'es pas un chef.

Moteur.

Tourne.

Annonce.

32A sur 1 première.

Clap.

J'ai toujours aimé ce silence-là sur un tournage, ce petit bout de calme coincé entre le bruit mat du clap et l'injonction d'agir, ce mot *Action !* qui, lorsque le metteur en scène n'est pas complètement exempt de finesse, contient tout ce qu'il souhaite voir apparaître pendant la scène, une question d'intonation, et quand c'est le cas c'est alors aux interprètes de savoir l'entendre. Entre le clap et *Action !*, il y a une éternité de désir de perfection qui s'abandonne à la destinée, tout le monde est à son poste, concentré, en attente d'un quelque chose. Jusqu'à ce jour, je vivais cet interstice silencieux mâchoires serrées, conscient de l'effort à fournir, l'œil rivé sur les difficultés, mais ce jour-là, débarrassé de moi, je regardais les uns et les autres l'air étonné de toute cette tension, je lançais des petits sourires à l'équipe, je regardais le micro accroché à la perche puis le jeune homme à l'autre bout qui suait déjà, certaines personnes me retournaient mes sourires parfois agrémentés de clins d'œil amicaux se voulant rassurants. J'étais prêt à tout, mon statut de berger qui fait son premier jour de tournage était une sorte de talisman, en cas d'erreur, je serais excusé d'avance et, en présence du producteur, personne n'oserait me faire des remontrances.

Dans cette fine couche de silence entre deux blocs de bruit me revint ce cours de masque au Conservatoire, animé par un ancien de chez Mnouchkine. Placés en rang devant lui, un nez rouge de clown dans chaque main droite, les têtes baissées, nous devions sur son signal nous coincer les narines dedans et relever la tête, rien d'autre, juste poser ce nez et se redresser. Le résultat d'après lui était toujours le même, sur une dizaine d'élèves un ou deux se révélait « clown » les autres restaient désespérément les mêmes avec un bout de plastique rouge au milieu du visage. Je pensais à ça. J'avais trouvé mon clown.

Action !, lança le Spielberg de pacotille. La sonnette retentit, actionnée par un jeune accessoiriste coincé derrière un fauteuil. L'assistant mise en scène m'avait demandé de compter jusqu'à dix avant d'ouvrir la porte, il me parlait en détachant les mots, ses yeux fouillant dans les miens à la recherche d'une preuve de compréhension, comme s'il s'adressait à un simplet, je lui avais rétorqué que j'avais une centaine de brebis et que compter jusqu'à dix était dans mes compétences, ce qui fit éclater de rire le chef machiniste.

Une fois que j'eus ouvert la porte, Jean, tout en larmes mentholées, me donna sa réplique, je lui sortis la mienne et là, fou rire. Plié en deux, incapable de poursuivre, Jean se bidonnait. On recommença sans couper mais, devant l'hilarité qui le reprenait à peine l'action relancée, Luc Tournant préféra arrêter la prise afin que son acteur vedette recouvre ses esprits. Il lui parlait mielleusement en simulant un fou rire qui l'aurait saisi lui aussi ; à le regarder, j'imaginais le savon méprisant qu'aurait pris n'importe quel autre acteur devant tout le monde.

Jean vint me trouver, plantant là le réalisateur. J'avais toujours le gros chat mou dans les bras, il posa sa main droite sur mon épaule et, les yeux mouillants, me dit qu'emmanchée de la sorte la séquence allait durer un peu plus que prévu, mais aussitôt me rassura en me disant de ne surtout rien changer, que j'étais génial, la gueule, mon accent, ma façon de parler, tout, il adorait tout, il me dit qu'il était scié.

Le tournage de cette scène prit en effet un peu plus de temps que prévu, la pause déjeuner fut décalée d'une heure. Sur le plateau, l'ambiance était à la marrade généralisée, tout le monde s'y laissait prendre, lorsque ça se calmait à droite, ça reprenait à gauche, même le chef opérateur, pourtant sérieux, se permettait de couper des prises les yeux pleins de larmes. Je me sentais remonté comme un coucou, les batteries de ma confiance pleines à ras bord, j'inventais des petites variations sur l'instant, aucune prise ne se ressemblait, je leur ai tout fait, même soulever une fesse pour laisser filer un pet. C'était la kermesse, une foire à tout, un supplice pour la scripte qui, entre deux fous rires, se demandait comment elle allait trier tout ça, aucune prise n'allait au bout, on reprenait sans couper en essayant de sécher les larmes de Jean. Plus la matinée avançait et plus le plateau se remplissait de curieux qui voulaient en être. Sous mon masque, je restais imperturbable, je n'avais peur que d'une chose et d'une seule, que le maquillage se décolle. Il me revenait un clown que j'avais vu à la télé dans les années soixante-dix, niché dans les bras de ma mère. C'était dans *La Piste aux étoiles*, un tout petit clown qui s'étonnait des rires de la foule, puis repérant une hilarité particulièrement sonore au premier rang il s'était avancé vers une spectatrice, la tête inclinée, posée sur ses avant-bras appuyés sur le bord de piste. Il la regardait, les yeux ronds, tendre et interrogatif, plus il la regardait et plus elle riait. J'étais ce clown. Beaucoup dans l'équipe devaient penser que je n'avais pas conscience de mon allure, certains devaient rire de moi, de lui, de l'innocent fraîchement débarqué de sa province, ce Gille mal fagoté encombré d'un chat mais qui, curieusement, maîtrisait son texte et restait de marbre, il devait y avoir du Buster Keaton à l'envers dans mon personnage, figé dans le sourire. Dès que mon regard en croisait un autre, les yeux se détournaient, certains s'en allaient pour éclater de rire dans la pièce à côté. Le micro en bout de perche avait abandonné depuis longtemps tout espoir de rester hors du cadre, les rires du perchman transformaient l'exercice en séance de pêche au gros.

Je me payai le luxe de demander au metteur en scène si mes mimiques étaient justes, et ce mot « mimique » remonté des coulisses d'avant-guerre fit l'effet d'une bombe d'anniversaire.

Mon miroir de poche eut lui aussi son petit succès, je décidais de m'en servir ouvertement pour vérifier la tenue de mon maquillage et ce petit rituel précautionneux contrastant singulièrement avec mes airs de faune hirsute déclencha des barrissements.

À la pause déjeuner, Jean Dujardin m'avait gardé une place en face de lui, signe irréfutable de mon adoption. De mon côté, j'avais profité de la coupure pour rejoindre Mal dans la bétaillère afin d'effectuer une IRM du maquillage. Le pauvre n'en pouvait plus, une matinée sans fumer coincé entre quatre tôles rouillées parfumées à la bestiole pas fraîche avait sérieusement entamé sa joie de vivre ; malgré tout, il me félicita. Paul l'avait tenu informé de mes péripéties par un véritable flux tendu de vidéos envoyées par WhatsApp. Après une inspection minutieuse, il entreprit quelques retouches autour du nez, tout le reste tenait.

Paul avait prévu pour lui un pique-nique de luxe, sa pitance l'attendait dans un panier en osier *so british*. Au moment de se quitter, il tint à me préciser que la prochaine fois il exigerait une chambre d'hôtel avec wifi et minibar, puis sur un ton particulièrement sérieux et en s'assurant au préalable que je n'interpréterais pas de travers ces propos, il m'avoua qu'il était sidéré par ce qu'il avait vu sur son téléphone, il me connaissait pourtant par cœur depuis toutes ces années d'amitié, il avait vu et apprécié toutes mes interprétations, au théâtre comme au cinéma, je l'avais selon lui bluffé à maintes reprises, mais là, il m'avoua que ça dépassait tout, il en était presque gêné. Il ne comprenait pas, il m'avait oublié, il était spectateur de quelqu'un d'autre, c'en était presque dérangeant. Ces paroles prudentes s'accompagnaient de regards inquisiteurs, comme s'il voulait se rassurer en retrouvant Albert Stefan sous le masque. Il finit par poser une main sur mon épaule, geste qu'il faisait souvent, privilège des grands gabarits, et je laissai le silence lui répondre.

Je me suis emparé de mon carton plein de fromages pour rejoindre la tente où l'équipe déjeunait. Le souci avec certains compliments c'est qu'ils font pâlir de plus anciens. Jamais je n'avais vu dans ses yeux cette lueur d'étonnement et de gravité mélangés.

En me voyant arriver et distribuer mes fromages, l'équipe attablée se mit à applaudir, il y en avait pour les fromages mais une grosse partie était destinée à la prestation de Pascal Pélisson. Jean fut dithyrambique. Je buvais ses louanges. Je brûlais d'envie de le mettre dans la confidence, qu'il sache que c'était moi. Sans la présence de toute l'équipe dans l'intimité de sa loge, je ne donnais pas cher de mon secret, je l'aurais sacrifié à mon envie de tout cracher et de le voir chercher Albert Stefan triomphant sous les traits du berger.

Luc Tournant arriva bras dessus bras dessous avec Marion Cotillard, il me présenta comme sa découverte, sa chose, son objet jouant non identifié, sa perle rare. Une distance polie mesurée par des années de célébrité internationale ne lui permit qu'un bonjour poudré et un sourire gentil et prudent, Jean lui assura qu'elle allait vivre un enfer avec moi, qu'il n'avait jamais autant ri de sa vie, que j'étais un phénomène. Elle me posa quelques questions sur la région qu'elle connaissait bien, je m'en suis tiré avec quelques noms de lieux-dits dont certains sortaient tout droit de l'imaginaire de Giono, seul auteur qui échappait à ma procrastination littéraire et qui me fut bien utile pour inventer ce personnage de berger, je convoquais ainsi la colline de Bédolière extirpée du *Chant du monde*, et fis mienne La Ressarrière, le nom d'une grange dans *Batailles dans la montagne*. Je m'étais constitué une petite liste de noms bizarres impossibles à retrouver dans les cadastres : La Douloire, monts de Fradets, Biéchard, Journas, Linganière. Elle consentit à mordre dans un morceau de fromage que je lui offris coincé entre le pouce et l'Opinel, puis se retira dans sa loge après m'avoir assuré de son impatience à tourner cette séquence avec moi.

Ma caisse à fromages avait rempli son office, tout le monde reprit le chemin du plateau les dents pleines de brebis en me remerciant, tous y allaient d'un petit commentaire sur la matinée et me témoignaient leur hâte de me retrouver pour l'autre scène avec la Môme.

Bis repetita placent pour l'après-midi. Dès les premières prises, je vis les yeux de ma partenaire s'arrondir et se demander avec quel zozo elle jouait, et peut-être même se demandait-elle si je jouais. J'adorais ses charmants efforts pour garder son sérieux, son personnage cherchait à savoir pourquoi son mari avait décidé de consulter un psy, et cet Émile Poirot, tout en mettant en avant l'éthique de sa profession, finissait par se trahir face à son charme. Sa concentration éclata en vol au bout d'une trentaine de minutes, Marion comme Jean auparavant céda au comique de Pascal Pélisson et ce rire la métamorphosa, de grande star internationale à camarade de jeu, copine secouée de rire. À plusieurs reprises, elle plongea sa tête dans le creux de mon épaule, me saisit la main en une complicité joyeuse. J'étais son pote. Nos moments d'attente furent l'occasion pour elle de m'inonder de questions sur mes moutons, les loups, mes chiens, je brodais des réponses cousues de fil le moins blanc possible, j'alternais improvisations et renseignements pris au préalable sur le métier de berger, la région, la vie d'un troupeau, je casais même quelques expressions pastorales, j'étais en roue libre, mais de cette tête improbable tout pouvait sortir, tout se parfumait de véritable, sonnait terroir. Dans le mensonge, c'est le démarrage qui importe, le reste coule comme une rivière, le récit se construit sur l'évidence de l'accroche.

Lorsque l'assistant cria *fin de journée !*, j'avais réussi à mettre deux stars du cinéma français dans ma poche trouée. Jean comme Marion m'avaient juré que l'on se reverrait sur d'autres films, que je devais continuer à tourner, qu'ils souhaitaient retravailler avec moi... avec lui.

Marion tenait à me faire rencontrer son agent américain, et Jean était parti en me demandant s'il pouvait parler de moi à un de ses potes qui préparait un premier long métrage. Il voulait mon numéro, je lui ai répondu que je n'en avais pas mais qu'il pouvait passer par Paul Khun, il eut un regard rond farci d'étonnement et d'envie, il me conseilla tout de même avant de nous séparer d'investir.

En une journée de tournage, j'étais adopté, Pascal Pélisson était adopté. La bête de foire avait réussi son entrée. Le cinéma tenait là son brutal, son pas conforme, la pépite mal dégrossie, l'instinct bestial colorant de naturel ce paradis artificiel.

Nous avons fêté cette première chez Paul. Nous étions excités, trois gamins, trois malfrats qui avaient frappé un grand coup. Mal et Paul roulaient des joints pour l'occasion, je les regardais. Paul nous faisait lire les SMS qui pleuvaient sur son téléphone, on le félicitait d'avoir déniché ce berger, tellement sympathique et iconoclaste, le réalisateur Luc Tournant se plaçait déjà sur les rangs pour le faire tourner dans son prochain film dont Paul avait lu le scénario et qu'il qualifiait de véritable bouse. Marion et Jean lui avaient laissé sans se concerter à peu près le même message d'enthousiasme.

C'est Mal qui décela en premier mon regard absent. L'alcool aidant et passé les premiers instants d'autosatisfaction, le silence m'envahit. Ces émotions m'étaient familières, ces moments de poitrail gonflé à bloc, ce tournis que donne le succès, ce sentiment d'extraordinaire qui vous submerge, j'en avais déjà eu mon lot, j'étais passé par là, un César, un Molière, des premières au théâtre triomphales, j'avais connu ça et voilà que ce soir-là je revivais cette débauche congratulatoire dans l'intimité, avec seulement deux amis, Albert Stefan n'avait le droit maintenant qu'au silence, ses triomphes se célébreraient dans l'ombre.

Mal remplit alors mon verre en m'assurant que j'avais réussi aujourd'hui à marquer l'histoire du cinéma, il me dit qu'aucun acteur n'avait osé aller si loin, il supputa que certains avaient dû être tentés, mais qu'une telle entreprise supposait d'accepter de disparaître, or un acteur ne veut pas disparaître, il veut que l'on sache qu'il a disparu. *Même Daniel Day-Lewis qui pousse très loin l'identification à ses personnages veut que l'on admire son travail, que l'on soit subjugué par son imprégnation, mais il ne veut pas disparaître. Toi*, ajouta-t-il, *tu as franchi le Rubicon.* Il me regarda droit dans les yeux pour poursuivre. *Toi, tu as accepté l'inacceptable pour un acteur. Tu as mis ton talent au service de quelqu'un d'autre, tu as fait exister quelqu'un d'autre, les acteurs font semblant de disparaître, le film est une bouée, comme la pièce de théâtre en est une, toi, tu as sauté dans le grand bain sans bouée.*

Paul surabonda, il mit Romain Gary sur la table qui, disait-il, avait fait naître Émile Ajar en la personne de son cousin Paul Pavlowitch et ajouta, en s'efforçant de garder les yeux ouverts malgré les volets gonflés de ses paupières, que j'avais fait plus fort que lui, que j'étais Gary et son cousin. Leur entrain dissipa partiellement mes pensées maussades. Aujourd'hui, j'avais sympathisé avec deux stars internationales qui souhaitaient me revoir et travailler avec moi, deux splendides interprètes qui avaient reconnu mon talent, sauf que ce n'était pas moi qui leur avais donné la réplique.

Nous avons évoqué la suite à donner aux propositions qui ne manqueraient pas de parvenir sur le bureau de Paul, seul intermédiaire officiel entre ce berger et le septième art, et la nécessité de trouver un agent. Paul avait réponse à tout, et des relations haut placées. Pour l'agent, il contacterait un avocat, le sien, maître Lombard, qui établirait les contrats et ne prendrait qu'un honoraire au lieu des traditionnels dix pour cent. Je n'aurais qu'à faire un virement de compte à compte pour toucher mes salaires.

Depuis ma cellule en Tchéquie, j'avais fini par donner mon accord pour une interview exclusive. D'après mon avocat tchèque et son homologue français, un jeune confrère de maître Lombard, la nouvelle de mon arrestation suite à la disparition de Pascal Pélisson déchaînait les passions. Je faisais la une, Albert Stefan se retrouvait en première page sous des titres plus ou moins racoleurs. Pour certains organes de presse, je n'étais qu'un comédien de seconde zone, surévalué. Frustré, aigri, j'aurais choisi d'éliminer un rival. D'autres s'essayaient à l'analyse de ce métier fait de passion et de don de soi, provoquant inévitablement des troubles lorsque le succès s'enfuit, ce métier qui passe à autre chose avec une si grande négligence. Ils énuméraient des comédiens paumés, dénichés lors de castings sauvages et montés en épingle, qui après deux ou trois longs métrages ont été abandonnés, la tête farcie d'espoir. Drogue, alcool, déchéance, suicide dans l'indifférence, tabassage de compagnes, incarcération pour coups et blessures… Des fonds de tamis que le cinéma ne voulait plus revoir.

Des journalistes se prétendant fins psychologues ont estimé que l'explication de mon geste devait se trouver dans mes interprétations passées et ressorti mon CV pour pointer les rôles suspectés de contenir les racines du mal. Plusieurs sujets au 20 Heures et quelques émissions spéciales avec chroniqueurs rigolos et débats à l'emporte-pièce me furent consacrés, tout le monde s'accordait sur un point, ma jalousie.

Pascal Pélisson, en quelques apparitions seulement, avait réussi à devenir une véritable vedette. Les gens l'aimaient. Il s'était retrouvé en douzième place dans le classement des personnalités préférées des Français après une poignée de films. Mais au-delà de ses rôles, un événement l'avait propulsé en orbite : les Césars, sa prestation lors des Césars avait déclenché un torrent d'empathie à faire pâlir d'envie toute la classe politique. Le film produit par Paul fut un succès public, fort de ses deux millions d'entrées et de papiers pas forcément tous élogieux mais qui saluaient unanimement la prestation de Pascal Pélisson, le berger fut nommé dans la catégorie second rôle. Avec un seul film, une pichenette de rôle ne nécessitant qu'une journée de tournage, ce berger pulvérisait les records de célérité dans la profession. Jamais un comédien n'avait suscité autant d'enthousiasme et d'engouement en si peu de temps à l'écran.

J'avais réussi mon entourloupe, cette victoire dépassait toutes mes prévisions, même les plus optimistes. En une apparition, cet olibrius avait retourné les cœurs. J'en restais abasourdi. Ce triomphe avait un goût de trop bien, comme ces hold-up parfaits en début de film, on sait que les ennuis vont arriver. Quelques mois après nous être engouffrés têtes baissées dans cette folle entreprise, nous en étions déjà à régler les modalités de son apothéose : la soirée des Césars. Nous avions convenu tous les trois que sa présence dans la salle pour la remise des trophées aurait été trop délicate, j'eus alors l'idée d'organiser un duplex depuis une bergerie du côté de Lourmarin et, en cas de victoire, de remercier la profession entourée de mes brebis. Pour l'occasion, Paul, joliment renfloué par le succès du film, décida d'acheter quelques arpents de terre, un sommet de colline surmonté d'un magnifique jas dans son jus. Propriétaire sous le couvert d'une société anonyme, personne ne pourrait remonter jusqu'à lui. Canal+ avait donné son accord, tout le monde trouvait cela *trop charmant*.

Restait à trouver les moutons et un chien. Heureusement, quelques années auparavant, j'avais joué dans un court métrage écrit par un jeune homme, berger de son métier, qui rêvait de cinéma entre deux estives. Il avait obtenu une bourse et trouvé les fonds et une structure pour le tourner, une histoire de paysan au bout du désespoir, mais le créneau venait d'être pris par le film d'Édouard Bergeon *Au nom de la terre* et, visiblement, dans le cinéma hexagonal, il n'y avait pas la place pour deux films sur le même thème. D'un projet de long, il passa à un court. Ce jeune berger cinéaste sillonnait depuis les festivals et commençait à rassembler une petite collection de prix mais, malgré cela, il peinait à trouver de quoi faire son grand film qui me ferait revenir sur le devant de la scène. Ma cote chez les désespérés du cinéma était inversement proportionnelle à celle qui fixait ma valeur chez les notables du septième art. Je mis mon Tarantino des alpages entre les mains de Paul, il fut convenu entre eux d'un pacte secret : il nous aiderait pour organiser le duplex en ramenant une trentaine de brebis et son chien et Paul produirait son film. Nous avions les moutons, la bergerie, le chien, une espèce de berger australien nerveux et dévoué comme un jeune comédien à qui on promet la lune, il ne restait plus qu'à attendre le jour J.

L'équipe de Canal+, descendue la veille, était logée dans une dépendance chez Paul, il était entendu que je n'apparaîtrais qu'au dernier moment. Mal resterait à l'écart pour éviter qu'un technicien de la chaîne cryptée ne le reconnaisse. J'avais eu le temps de répéter avec le chien, il ne comprenait que le breton, ce qui était assez curieux pour un berger australien censé régner sur un troupeau de provençales mais l'important était que je parvienne à retrouver les intonations de son vrai maître, on avait malgré tout prévu qu'il se cacherait pendant toute la cérémonie dans la bergerie.

L'enveloppe était entre les mains d'une grande actrice trop maigre et déjà trop refaite, les trombines des nommés se déclinaient en plans sur les présents dans la salle, en photos pour les occupés ailleurs et moi, en live depuis ma bergerie, morceau de pain dans une main et verre de rouge dans l'autre que je brandissais royalement devant l'assemblée applaudissante et esclaffante. Le suspense ne dura pas longtemps malgré la prestation désolante de la comédienne qui tint absolument à nous montrer en une pantomime que le nom qu'elle venait de découvrir et qu'elle différait de nous annoncer avait de loin sa préférence. Elle trépignait, l'enveloppe pressée contre sa poitrine largement dévoilée, ses yeux s'embuaient de bonheur, elle était ridicule mais l'assistance rompue à ces dépouillements warholiens depuis maintenant deux bonnes heures semblait ne pas lui en vouloir, elle se décida enfin :

Mesdames et messieurs, le César du meilleur second rôle masculin est attribué à Pascal Pélisson.

Ma tête apparut plein pot sur l'écran de retour que j'avais devant moi, la salle du théâtre du Châtelet était debout. On attendait le moment d'émotion de la soirée, c'était maintenant. Après Annie Girardot et sa désespérance déshabillée devant la profession, c'était au tour du berger qui fait l'acteur. Le cinéma avait adopté un petit chien à la SPA, il s'agissait maintenant de vérifier s'il savait lever la patte. Je fis semblant de ne pas comprendre les signes nerveux que le technicien m'adressait, m'enjoignant d'un moulinet d'index à parler, et puis, faussement surpris, je laissais le champ libre à l'immense prostituée qui sommeillait en moi. Je m'excusais humblement de ne pas pouvoir être là, me retournant vers mes bêtes qui *me réclament, vous comprenez, et m'empêchent d'être avec vous ce soir*, j'entendais des bravos. J'aurais pris pour excuse mes enfants à garder, ça n'aurait pas mieux fonctionné, je leur promettais d'être digne de leur confiance. Une larme d'Albert Stefan s'invitait dans l'œil gauche du berger récompensé et celui-ci s'en repaissait comme un acteur corrompu profitant des moindres failles de sa vie pour nous faire croire à des sentiments qu'il ne ressentira jamais. Il l'essuya d'un revers de main aux ongles noirs, j'étais à n'en pas douter le seul invité à avoir passé autant de temps à me salir pour la soirée, et cette main griffée prenait son temps pour effacer cette perle salée de reconnaissance éternelle. Depuis Paris, on me répondait en direct par des centaines d'autres larmes qui coulaient et laissaient des traces dans le maquillage tels des oueds sur des peaux desséchées. Poussées par leur instinct panurgique, les brebis s'invitèrent en bêlant, *C'est un rêve, vous me faites rêver ce soir… D'habitude, pour rêver, je me couche dans les pâtures, sur le dos, et je contemple les étoiles… et ça me suffit et là, ce soir, je suis assis et je vous regarde. Vous êtes mes étoiles. Ma voûte céleste. Merci… du fond de mon cœur orphelin de berger. Adessias !*

Je terminai mes actions de grâce tête baissée, comme vaincu par trop d'émotions. *Cœur orphelin* m'est venu, le côté seul au monde, pas de parents, pas d'enfants, cela avait le mérite de simplifier ma biographie naissante et de rajouter une couche d'enduit sirupeux.

Une fois le duplex coupé, les yeux embués, l'équipe de Canal+ se mit à m'applaudir. Les uns après les autres, ils se sont extirpés de leur inconfort technologique pour venir en procession serrer la main au héros de la soirée. Ils vivaient *un moment historique,* c'était *dingue, incroyable.* Dans quelques années, ces trois loustics, seuls témoins directs de l'instant, agrémenteront cette séquence d'anecdotes invérifiables, ils feront de ce duplex une épopée pour leurs petits-enfants.

Le cinéma raffole de ces piqûres de collagène dans les lèvres des souvenirs, la moindre péripétie de tournage, les années passant, devient une page d'histoire truffée de moments uniques distinguant ceux qu'en étaient de ceux qu'en étaient pas. Débutant, je bavais devant ces récits, j'en redemandais, je me les appropriais. Mon stock personnel étant alors passablement maigrichon, je ne pouvais me vanter que d'avoir tourné avec Béber qui lui-même avait tenu la perche au-dessus de la tête argentée de Gabin et avait croisé un chef opérateur qui, plus jeune, avait fait le point sur Dirk Bogarde dans *Mort à Venise*, qui lui-même avait bu des verres avec Tonton qui avait posé des micros sur le poitrail de Marlon Brando sur le tournage du *Dernier Tango à Paris*. Je me nourrissais de récits qui ne m'appartenaient pas.

Et les films s'accumulent et on s'écoute un soir, au cul du camion, une bière tiédasse en main, raconter ses propres souvenirs en un récit parfaitement huilé à de jeunes comédiens désireux, puis on rentre seul à l'hôtel, se maudissant d'avoir soufflé trop fort dans les voiles du souvenir.

Mais ce soir en leur serrant la main, je buvais mon nectar, je les regardais en me disant que lorsqu'ils sauraient le fin mot de cette histoire ils pourraient faire tourner la manivelle de l'harmonium, ils en auraient pour leur argent.

Nous n'avions jamais réellement évoqué à quel moment mettre fin à la supercherie, Paul penchait pour organiser une séquence digne des heures célèbres d'*Apostrophe* avec un Pivot sourcilleux qui se pourlècherait les babines en imaginant les commentaires dans la presse du lendemain, mais le niveau de la télé ne permettait plus ce mélange d'exigence et d'inattendu, de sérieux et de tintamarre. Le grand public depuis des années avait tellement eu droit à tout, les émissions qu'il plébiscitait étaient saturées de vulgarité et le pointu devenait confidentiel. Paul ne voyait que le 20 Heures, une interview exclusive en fin de journal et, sous les yeux éberlués du présentateur, enlever les peaux de silicone en direct. Mal pour sa part plaidait pour ne rien dire et faire disparaître Pascal Pélisson en silence avant d'écrire un livre quelques années plus tard racontant tout, preuves à l'appui. Suivre Gary jusqu'au silence était au-dessus de ma faiblesse, mourir en pauvre comédien délaissé sans retirer aucun marron du feu ne pouvait pas faire partie de mon plan, je voulais en tirer profit, je voulais que ça retombe sur moi, d'une manière ou d'une autre. Je voulais savourer. Si j'avais pu deviner la suite, j'aurais écouté Mal. Il est difficile d'être élégant quand on meurt de faim.

Après le César, tout s'est emballé pour le berger. Desplechin, Klapisch, Maïwenn, Gondry, tout le monde le voulait. J'acceptais. Ma seule condition était de limiter ma participation à deux jours de tournage, pas un de plus. Loin de freiner leurs ardeurs, cette restriction était perçue comme un gage de sincérité, j'étais devenu un label, une AOP, Pélisson dans la distribution et le film se voyait estampillé valeur sûre, j'étais les frères Dardenne à moi tout seul, l'équivalent de Ken Loach pour Cannes, une caution. J'ai enchaîné les projets et, chaque fois, le berger gagnait les cœurs. Comme une épice oubliée, on voulait l'additionner à toutes les sauces. Arnaud Desplechin lui offrit son premier rôle dramatique, une histoire de famille dans une ville triste. On attend le père, il doit revenir.

Pendant deux heures, on ne parle que de lui, un monstre pour certains, un lâche pour les autres. Dix minutes avant la fin, on sonne à la porte, c'est lui. Après un silence de crypte, il sort une tirade de trois pages, un plan séquence, en une prise, le réalisateur et l'équipe resteront muets pendant de longues minutes avant de l'applaudir.

La première alerte vint de ma fille, un soir de dîner de restes à la maison. Héloïse se faisait de plus en plus rare, elle fuyait mon inactivité et cette panoplie de silence qui me servait de vêtement d'intérieur. Je continuais de fréquenter les premières, de serrer des mains molles, fouetté par une Magalie qui s'acharnait à ne pas se rendre compte que le volontarisme dont elle faisait preuve pour me remettre en selle ne fonctionnait pas. Elle ne voulait pas voir la profondeur du fossé qui s'était creusé entre le cinéma et moi, vieux mâle blanc de presque soixante ans. Je n'intéressais plus personne. Mais depuis que le berger sévissait dans la profession, j'étais plus enclin à sortir. Presque guilleret, j'étreignais des torses crispés, j'embrassais des visages en recul, je prenais des nouvelles du vide ambiant avec attention et politesse. Il m'arrivait même de faire part de mon enthousiasme vis-à-vis de ma créature, je le trouvais magnifique, une découverte miraculeuse pour le cinéma, un trésor d'authenticité et de naturel. On me répondait toujours prudemment, comme si mes propos sentaient la rancœur ou la frustration. De temps en temps, la retenue se dissipait et j'obtenais ainsi, grâce à lui, quelques questions personnelles, *où j'en étais, ce que je devenais*. Ces tristes questions ressemblaient à un début de conversation.

Nous finissions le repas en silence, aux questions de père déjà mort avaient succédé des réponses de fille pas encore tout à fait vivante, et puis comme si elle entrait soudainement en territoire hostile, Héloïse me parla de ce Pascal Pélisson. L'évocation des autres acteurs était devenue un terrain miné à la maison, elle n'osait plus me faire part de ce qu'elle avait vu, elle aimait le cinéma mais la carrière moribonde de son père la contraignait à vivre sa passion en silence, elle gardait ses émois pour sa mère et ses fréquentations. Ce qui l'achevait lorsqu'elle s'y risquait malgré tout, c'étaient mes tentatives pour partager ses enthousiasmes, elles vibraient toutes comme des cloches fêlées.

Il me fait penser à toi, me dit-elle en débarrassant son assiette et en prenant soin de ne pas croiser mon regard. Elle s'appuyait sur les souvenirs encore vivaces de son enfance éblouie. Un Molière à la Comédie-Française, Sganarelle dans *Le Médecin malgré lui*, un triomphe, sous la direction d'un jeune metteur en scène russe, une ambiance de ville de l'Est oubliée et poussiéreuse contrastant avec un traitement quasi clownesque. Ma joie d'alors avait durablement impressionné ses rétines, une ivresse gourmande, comme celle des tout-petits qui découvrent qu'ils peuvent faire rire leurs parents entre deux biberons, elle avait perçu cette joie-là dans ce comédien-berger dont tout le monde parlait. Elle prétexta un article à rédiger et quitta notre cuisine devenue trop petite pour y loger les sous-entendus qui s'y entassaient.

Cette joie prisonnière de l'ambre des yeux de ma fille m'a hanté jusqu'à cette émission du *Masque et la Plume* sur France Inter. La petite troupe passait en revue les sorties de la semaine et parmi elles deux films avec Pascal Pélisson au générique. Le Desplechin et le Gondry, un court métrage, un plan séquence de vingt minutes sur son grand-père Constant Martin en pleine création de son célèbre clavioline, une ode bizarre à son aïeul où le réalisateur avait compilé tout ce que son cerveau créatif avait en magasin.

J'étais seul et je n'aurais pas dû être seul ce soir-là. Après avoir tranquillisé leurs consciences en éreintant quelques films, Jerôme Garcin et sa troupe pouvaient en venir aux compliments, et naturellement le Desplechin fut sauvé des eaux, le film, de leur propre aveu assez long, était en fait une performance, la confusion une marque de fabrique, l'incohérence de certains personnages une errance métaphysique de bon aloi, et puis vint le moment d'évoquer la perle rare. Les mots manquaient, « génie » n'était pas assez, presque réducteur, le berger se voyait placé en orbite à côté de Chaplin, Keaton et Brando, pour le côté sauvage sûrement. Puis Xavier Leherpeur se lança, il s'excusa au préalable auprès de ses collègues de la hardiesse de la comparaison qui allait suivre et, ce faisant, il tint en haleine la petite assemblée qui le pressait d'en venir au fait. Et c'est à ce moment-là qu'Albert Stefan se retrouva après des années d'absence au *Masque et la Plume* et, malheureusement pour lui, pas à son avantage. Le critique à l'œil encore vif me comparait au berger, un petit quelque chose dans la voix, le corps, même le regard, mais alors que chez moi tout était ratage, promesse non tenue, laisser-aller et déception, chez le pâtre de Lourmarin ces défauts se transmuaient en grâce, spontanéité heureuse, charisme, charme et authenticité. Il termina son épître en citant le psaume XXII, « le seigneur est mon berger je ne manque de rien », qui lui valut des applaudissements mêlés de rires sur le thème *Ça y est, on l'a perdu.*

Je le savais.

Je savais que cela arriverait un jour.

Chaque prestation de mon avatar était une réussite, un carton plein, tous les plombs dans le mille, ma marionnette repartait de la fête à Neuneu les bras pleins de nounours roses, on l'aimait, il était bon, simple et drôle, toujours un petit mot pour les uns et les autres sans distinction de métier ou d'importance, une coqueluche, et pour couronner ce bazar, tout cela m'était facile. Quel que soit le rôle, quelle que soit la longueur du texte, tout me paraissait léger, sans gravité, ma mémoire déjà excellente après une trentaine d'années d'art dramatique semblait maintenant dopée aux corticoïdes, une simple lecture et le texte s'inscrivait en moi. Protégé par ce masque, j'avais lâché prise, largué toutes les amarres qui me retenaient jusqu'à présent sur des quais réflexifs qui me rendaient parfois lourdingue, j'exposais mon labeur aux regards des autres comme un artisan qui vous fait comprendre que ça va être long et difficile, je n'avais pas compris qu'il y avait de l'élégance et de la force de caractère dans la légèreté, que jouer un rôle n'est pas frapper un coup droit au tennis, on n'est pas obligé de pousser un cri rauque à chaque renvoi, et pourtant j'adorais les Jules Berry, les Rochefort, les Belmondo, les Maillan, les Marcello Mastroianni, tous ces artistes qui ont mis des mouchoirs grands comme des nappes sur leurs difficultés. Mon métier, je l'ai affronté, tête baissée, telle une bête d'arène en sursis, je m'étais tellement fait à l'idée que l'on ne m'attendait pas, que personne ne me voudrait, qu'ils n'ont vu que mon front ridé d'efforts et perlé de sueur laborieuse. Grâce au silicone et au mensonge, j'avais brûlé mes frusques pour y aller tout nu et m'en foutre. Et c'est cela même qui illuminait les yeux de ce berger.

Ils avaient raison, tous, comme toujours.

Elle s'appelait Isabelle Tucci.

Le jeune avocat déniché par maître Lombard m'avait prévenu, après quelques jours d'hésitation, elle avait accepté la proposition de *Paris Match*.

Lorsque je l'ai connue, elle travaillait pour la chaîne KTO, un parfum de Provence italienne flottait dans sa voix, chrétienne et gentille, ronde et souriante comme une pomme rouge, travailleuse et bienveillante, c'est du moins ce que ma mémoire avait décidé de garder dans son coffre-fort et c'est ce que j'espérais retrouver ici dans cette prison.

La haine sévissait en France à mon endroit, elle se déclinait sur les plateaux télé, dans les journaux, sur les tournages, elle ruisselait depuis des hauteurs certaines de détenir les clefs du crime et du châtiment. Cette haine emportait tout sur son passage, ma personne se voyait réduite à ce meurtre. Albert Stefan avait assassiné Pascal Pélisson poussé par la jalousie, aucune excuse, pas d'alcool pour noyer les petits chats d'une enfance misérable, pas de drogues dans les veines ou les narines, pratique tellement répandue et partagée qu'elle aurait pu clore quelques becs poudrés, l'amour lui-même n'était pas convoqué sur la grande scène du grand fait divers, il aurait pu constituer une circonstance atténuante, si l'on avait découvert que sous cet acteur médiocre, prometteur pour un temps seulement, hétérosexuel pensait-on, se cachait en fait une orientation contrariée et une passion aussi secrète que fulgurante dont l'aboutissement aurait été ce meurtre. Mais là non, rien, un crime moche, petit et mesquin. Alors mes collègues s'en repaissaient à longueur d'interviews, ma vie était passée au crible de leurs tamis cruels. Tout ce que j'avais fait ou dit se retrouvait épluché sans économe, il ne restait de moi qu'un gros tas de pelures tout juste bonnes à balancer aux cochons. On se drapait dans le chagrin, la sidération, l'incompréhension, et tous de conclure qu'il fallait bien évidemment laisser faire la justice en prenant un air de cocker, alors et seulement alors, ils pouvaient ranger leur plaidoyer dans leur cartable de premier de la classe. Régulièrement, le cinéma doit se purger, il bouffe tellement n'importe quoi que de temps en temps ça coince, il doit régurgiter sa pelote pleine de poils mouillés et de bouts d'os. J'étais devenu la déjection salvatrice. Le vilain qu'on aimait plus avait tué le gentil que tout le monde avait adopté. Alors, oui, j'avais beau m'en amuser du fond de ma réclusion temporaire, un énorme besoin de tendresse m'étreignait l'œsophage. J'espérais cela d'Isabelle Tucci, un parfum de début où tout est encore possible, je voulais goûter encore une fois au plaisir de ses regards mignards qui n'avaient rien d'autre à offrir que leur probité. Un début, un beau début.

Je venais de rentrer à la Comédie-Française. Elle présentait une émission sur la chaîne KTO mettant en avant la nouvelle génération. Le service de presse de la grande maison lui avait suggéré mon nom, et après un cuisinier, un charpentier, un marin pompier, elle avait décidé qu'Albert Stefan représenterait la profession de comédien.

Rendez-vous fut pris au café Nemours, un samedi de juin. J'avais vingt-cinq ans, elle aussi, et le soleil ne brillait que pour nous. Elle prenait des notes à la main, m'expliquait que l'enregistrement aurait lieu en studio, je lui répondais du bout de ses lèvres et au fond de ses yeux. Parfois, on ne parlait plus, elle me regardait alors comme on espère un orage.

Nous avons enregistré l'émission, tout le monde était content, sauf moi. Je me sentais balourd, pontifiant, trop sérieux, je voulais que la Comédie-Française soit contente de la première interview de sa jeune recrue et cela me rendait scolaire et convenu, je parlais de service public, de mission, de responsabilité, j'avais oublié la joie. Nous ne nous sommes jamais revus, lorsque les téléphones l'ont permis, nous avons échangé quelques SMS à l'occasion d'une actualité théâtrale ou télévisuelle de l'un et de l'autre, puis plus rien, jusqu'à sa venue à ma demande dans cette prison de Pankrác.

Accompagnée d'un gardien aux allures de chef de milice privée, elle se tenait à deux mètres de moi, une table et un pan de vie nous séparaient. Toujours aussi ronde mais moins souriante, elle me regardait. Ses yeux me disaient qu'elle ne comprenait rien à ce qui se passait.

Elle s'était retirée de la télévision et du journalisme. Depuis maintenant une quinzaine d'années, avec l'aide de son mari, elle tenait un gîte à Trémouille dans le Cantal avec tout ce qu'il fallait de panneaux solaires et de permaculture pour permettre à leurs cinq enfants de gambader autre part que sur des trottoirs parisiens. Elle me précisa, munie d'un air embêté, que sa dernière adorait le théâtre et voulait devenir comédienne.

Je l'écoutais sans répondre, parler lui faisait du bien, elle avait peur. La somme d'argent que le magazine à images-chocs lui avait proposé pour recueillir mes aveux n'était pas la seule raison de sa présence en face de moi. Elle ne pouvait pas croire tout ce qui se disait depuis mon accusation, elle était là pour l'entendre de ma propre bouche. Alors il y eut un long silence. Elle avait fini de parler. Je lui ai dit qu'elle pouvait sortir son portable et commencer l'enregistrement. Après avoir posé son téléphone, elle soupira gravement pour se donner du courage et me demanda pour quelle raison j'avais exigé que ce soit elle et personne d'autre. Alors ce fut à mon tour de soupirer, avant d'égrener quelques *Peut-être parce que…*

Puis sans lui laisser le temps de répondre, je lui indiquai d'un coup de menton qu'elle pouvait appuyer sur le bouton rouge.

Elle m'écoutait, perturbée par le raffut métallique de la prison qui semblait depuis les couloirs mener une véritable guerre au silence. Elle tressautait à chaque fois. Le silence n'existe pas en prison, bien plus qu'à l'isolement l'être humain y est condamné au bruit. De jour comme de nuit, ça hurle, des aboiements d'homme. Derrière les portes en fer, l'homme ne parle plus, il jappe.

Au fur et à mesure de mon récit, ses yeux pourtant déjà largement ouverts se dilataient telles deux montgolfières sous l'effet de l'air chaud, puis un sourire décida de coloniser sa bouche, parfois des rires vite réprimés tentaient de timides sorties, et lorsqu'un *Voilà !* conclusif l'engagea à faire un commentaire, elle prit une bouffée de quelque chose qui traînait dans l'air moite de cette petite salle et me dit très doucement que mon dernier *peut-être parce que* expliquant sa présence entre ces murs lui plaisait et qu'elle pouvait compter sur moi pour faire un bel article. Elle était sonnée.

Après quelques questions d'usage sur mes conditions de détention et mon avenir, elle rassembla ses affaires. Au moment de taper à la porte du parloir, elle me dit qu'elle aussi avait été troublée par notre premier contact et qu'elle non plus n'avait pas eu le courage de prendre son téléphone, elle ajouta qu'elle connaissait ma carrière par cœur, elle avait tout vu, elle faisait partie de ces trop rares personnes qui ne comprenaient pas cette pente silencieuse qui avait eu raison de mes semelles prometteuses, cette disparition progressive des écrans, ces rôles de moins en moins intéressants où je parvenais toujours d'après elle à surnager en dépit de l'insipidité des histoires que l'on me proposait.

Si je l'avais épousée, je serais maintenant à la tête d'un troupeau de marmots, je me serais mis à Dieu et à la permaculture, j'aurais de beaux principes, Terrence Malick dans le Cantal, une vie cachée derrière du linge propre étendu sur le fil.

Je pouvais donc compter sur elle. Dans quelques jours paraîtraient mes aveux. Je sortirais de prison innocent. La plus grande supercherie de l'histoire du cinéma serait de toutes les conversations. Les journaux télévisés ouvriraient avec le scoop, Pascal Pélisson et Albert Stefan ne faisaient qu'un.

C'est du moins ce que je pensais.

Le couteau tournicotait dans ma plaie suppurante. J'avais créé un double plus charmant, plus séduisant, plus performant que moi. La carrière fulgurante du berger m'enfonçait dans les abysses, plus il brillait et plus je m'éteignais. Je n'en dormais plus. Alors j'ai voulu le tester, l'abîmer. J'avais décidé de le rendre de moins en moins sympathique. Dorénavant, Pascal Pélisson serait plus cher, il faudrait débourser pour l'avoir au générique, le berger veut en palper. Paul approuvait. *Ton berger est sur orbite haute,* disait-il, nous avions décidé de tripler son salaire. Cette augmentation fut acceptée sans l'ombre d'une protestation, cet art capitaliste trouvait normal que la demande se paye, certains producteurs en étaient presque soulagés. J'exigeais toute une panoplie de privilèges réservés aux stars, voiture, loge, nourriture spéciale, tout semblait naturel, tout lui était accordé sur un ton d'évidence. Le génie des alpages avait le droit d'être cher et exigeant, ses prestations le valaient bien. Sur les tournages, j'avais décidé d'être moins causant, je me fermais, je ne distribuais plus mes bonjours à la volée telle une grand-mère des framboises au retour du jardin, fini les conversations avec la technique, les coups de main qui avaient contribué à ma légendaire bonhomie. Je le rendais taiseux, je le refroidissais. Et malgré mes efforts, il fascinait toujours autant et peut-être davantage, personne n'osait penser qu'il avait pris la grosse tête, bien au contraire, on le comprenait, on le respectait davantage, il se professionnalisait, il passait de *découverte iconoclaste* à *artiste investi et conscient des enjeux*, la chrysalide devenait papillon sous leurs yeux émus. Tout se passait comme si la note qu'il avait su faire tinter au début de sa courte carrière continuait à résonner dans leurs tympans admiratifs.

Avec l'aide de Mal, Paul essayait de me convaincre d'accepter des rôles plus longs. Ils pensaient que je devais asseoir définitivement mon talentueux avatar au firmament des plus grands interprètes. Les propositions ne manquaient pas et deux grandes piles de scénarios trônaient sur le bureau plein de trophées de Paul. Une pour les sans intérêt et une autre, beaucoup plus petite, pour l'envisageable. Chaque fois que nous nous retrouvions chez lui, il extirpait un script de la bonne pile en clamant le nom de la vedette qui serait ma partenaire, *Deneuve, ça t'intéresse ? Auteuil ? Tiens, lis ça, c'est avec Omar Sy,* et chaque fois leur insistance m'obligeait à trouver des arguments supérieurs. Mal avait un temps épaulé mes refus, mais depuis quelque temps il fléchissait, les contraintes du maquillage devenaient un problème moins pressant, des solutions existaient, il m'énumérait des précédents illustres, De Niro dans *Frankenstein* de Kenneth Branagh entre sept ou huit heures de maquillage lorsqu'il devait être entièrement transformé, Robin Williams dans *Madame Doubtfire*, John Hurt dans *Elephant man*, Gary Oldman dans *Hannibal*, Benicio del Toro, Stellan Skarsgård, Brad Pitt, tous avaient connu l'enfer du fauteuil. Mal était même prêt à juxtaposer un maquillage sur le maquillage, il voulait que j'ose me couper les cheveux ou la barbe, rajouter des éléments. Une proposition allait malheureusement dans ce sens, une jeune réalisatrice offrait au berger un rôle de vampire, le rêve de Mal, marcher sur les plates-bandes de son héros Greg Cannom oscarisé en 1993 pour *Dracula*.

Un vampire, Paul était pour et ironisait déjà sur la métaphore qui se profilait. Le scénario retint mon attention plusieurs jours. Pour dire la vérité, j'en rêvais. Je faisais partie de ce petit club très fermé pour qui *Morse,* le film de Tomas Alfredson, était une référence absolue, lui et *Only Lovers Left Alive* de Jim Jarmush. La réalisatrice avait laissé un message vidéo à l'attention de Pascal Pélisson sur le téléphone de Paul, elle espérait ne pas être intrusive, Jeanne Péno, une belle fille transpirant l'intelligence et le talent. Elle le voulait pour interpréter le vampire, elle le voulait réellement, ses arguments sonnaient juste, et tout ce qu'elle développait pour le convaincre vibrait à mes oreilles à travers les écouteurs, mais ses mots, sa voix ne m'étaient pas destinés. J'en crevais. L'histoire me plaisait, un homme épaulé de son psy essaye de surmonter une séparation douloureuse, il a une fille, comme moi, et cette fille, contrairement à la mienne, est partie vivre avec sa mère. On comprendra petit à petit que ce mari noctambule a développé une allergie à la lumière du jour, rendant la vie familiale de plus en plus compliquée, les symptômes se révèlent petit à petit en une suite de flash-back très bien agencés, le psy mettra beaucoup trop de temps à accepter l'idée que son patient est un vampire, il le comprendra trop tardivement. Son histoire intelligemment insérée dans une société étouffée par le réchauffement climatique, grillant sous des soleils de plus en plus monstrueux, devenait une parabole terrible.

Ce projet, cette fille, ce rôle représentaient pour moi tout ce que le cinéma pouvait faire de mieux, c'était précisément ce genre d'histoire qui m'avait manqué pendant tant d'années. Je voulais que ce rôle me revienne, à moi, Albert Stefan, pas au berger.

Je n'avais qu'une solution, sommer Magalie de m'organiser une rencontre avec cette Jeanne Péno.

Magalie débarquait de Pontoise, elle n'avait eu aucun écho de ce projet. Elle revint vers moi quelques jours plus tard avec sa voix des mauvaises nouvelles, Jeanne Péno ne me connaissait pas et attendait une réponse de Pascal Pélisson. L'affaire pour elle était entendue. Magalie ne savait pas par quel biais j'avais entendu parler de ce projet, je réussis à l'embrouiller en évoquant un ami qui la connaissait, le scénario avait retenu mon attention au hasard d'une terrasse parisienne. Ne pouvant en rester là, je la suppliai pour qu'elle me donne son numéro, je manifestais enfin la volonté de rencontrer quelqu'un et, pour elle, cela valait une petite entaille dans ses principes.

Je décidais de contacter la réalisatrice comme elle-même l'avait fait pour le berger, en lui laissant un message vidéo, je comptais beaucoup là-dessus pour la surprendre. Je connaissais le projet qui ne circulait pas encore dans les agences, j'avais cette avance, et je voulais en profiter. Je savais ce qu'elle voulait et ce qu'elle voulait était le fruit de mon travail, un travail secret mais le mien.

Je n'attendis pas longtemps. Quelques jours après, je reçus une réponse troublée de Jeanne Péno qui acceptait de me rencontrer tout en m'avertissant que le scénario était entre d'autres mains et qu'elle ne pourrait rien me dire tant qu'elle n'aurait pas la réponse de ce comédien, elle se demandait également comment j'étais au courant de ce projet qui n'était pas encore financé.

Rendez-vous fut pris chez elle à Montreuil, là où naissent les projets bizarres. Une rue en pente aux maisons colorées, une enfilade de vélos-cargos et de vieilles voitures luttant contre l'obsolescence programmée à grand renfort de ruban adhésif. Je me suis arrêté devant le numéro indiqué, un atelier, une cour intérieure remplie de pots de fleurs de toutes les tailles dans lesquels tentait de survivre un peu de nature censée être vivrière. J'ai tiré sur un bout de ficelle raccordé à une cloche sûrement tibétaine et là un mec très poilu finissant d'enfiler un froc m'a ouvert en s'excusant de sa tenue. Sans que j'aie eu le temps de dire mon nom et la raison de ma venue, il m'indiqua une soupente reliée à la terre ferme par un escalier en fer.

Elle m'attendait là-haut.

Ma tête dépassait à peine du plancher de la mezzanine qu'un bonjour se fit entendre depuis un amoncellement de coussins. Elle était devant son ordinateur, une caméra sur trépieds reliée à celui-ci. Contrairement à l'olibrius du bas, elle était habillée et ces vêtements ne donnaient pas dans la seconde main.

Alors comme ça, vous aimez mon histoire ?

Oui, c'est le cinéma que je veux faire et que j'attendais…

Mes yeux essoufflés fixaient cette satanée caméra qui n'était pas là pour faire genre, je redoutais le moment où elle me demanderait de lire quelque chose ou d'improviser devant son objectif. J'ai toujours viscéralement détesté les essais, je n'ai jamais réussi à résoudre ce paradoxe qui consiste à donner ce qu'on a de mieux à un inconnu, à lui montrer que l'on est fait pour un rôle dont on ne sait rien, comme bien souvent la personne en face de nous. Elle me tendit deux feuilles que je devais ingurgiter pendant qu'elle se préparerait un thé en bas, je déclinais son offre d'une tasse et me plongeais dans ce dialogue entre le psy et le personnage.

Lorsqu'elle remonta, elle s'inquiéta très gentiment de savoir si j'avais eu suffisamment de temps pour préparer la séquence, une réponse franche aurait été *Bah non, pauvre pomme, comment veux-tu que je sois prêt à jouer ce personnage en cinq minutes ?* mais un *Oui, oui* poli sortit de mon gosier sec, je regrettais la tasse de thé.

J'essayais de m'imaginer recouvert de silicone, mes dents engoncées dans leur appareillage, mes yeux englobés de couleur, ma chevelure prisonnière de la perruque du berger, je voulais ressentir sa légèreté, son ironie, son recul qui lui autorisaient à peu près tout. De temps en temps, cette sensation me parvenait mais elle s'échappait aussitôt ressentie, un peu comme ces noms que l'on cherche lorsque notre mémoire s'affole, on sait qu'ils sont là mais une fragilité nous les dérobe. Le berger passait devant mes yeux, il floutait ma conscience comme un Horla, il était là mais ne voulait pas m'apparaître.

Nous fîmes plusieurs prises, ses indications n'étaient pas dénuées de bon sens et laissaient deviner une vision assez précise, elle possédait son sujet.

La séance s'arrêta comme un ballon se dégonfle, mollement, sans trop d'impressions précises ni de l'un ni de l'autre pouvant entraîner une conversation nourrie. Elle me félicita malgré tout, elle m'assassina en me qualifiant de bon acteur. Elle m'avoua n'avoir rien vu de moi, ni films ni pièces, ainsi qu'elle me l'avait précisé elle attendait une réponse et ne pouvait rien me dire et encore moins promettre. J'étais sur le départ, mes jambes engagées dans l'escalier métallique trop raide pour ma souplesse lorsqu'elle eut cette illumination.

Si la réponse que j'attends est positive, accepteriez-vous de jouer le psy ? Vous seriez parfait !

Elle ne pouvait pas comprendre le premier degré du mot *compliqué* dans la réponse que je lui ai balbutiée après un moment de surprise. Je dus lui traficoter une explication « psychologisante », qu'un acteur ne pouvait pas changer de monture comme ça, tout un baratin qui ne parvenait pas à effacer de son regard ce filtre qui devait me teinter d'une médiocre amertume. Je ne voulais pas qu'elle pense que mon envie de tourner était plus forte que mon désir d'incarner ce vampire. En refusant, je repartais intègre, frustré mais intègre.

Sans Pélisson, j'aurais dit oui et avec joie, depuis longtemps mon orgueil était devenu une carpette élimée.

Ce berger me volait tout. Il me faisait vivre mais je devais en payer le prix. Depuis son entrée fracassante dans ma vie, je ne travaillais plus, quelques voix off venaient garnir mon compte en banque qui, en l'absence des virements depuis celui du berger, serait dans le rouge. Héloïse essayait de me raccrocher au métier, elle me parlait de ses amis, des lettrés créatifs regroupés en collectifs, des adaptateurs de romans qui fuyaient l'écriture théâtrale, d'après elle, j'avais ma place à leurs côtés, mon expérience et mon exigence auraient pu canaliser leurs enthousiasmes tous azimuts. Parfois, elle me laissait un nom sur un bout de papier, à charge pour moi de faire la démarche.

Certains soirs, le ton montait entre nous, mon laisser-aller l'angoissait, ses larmes lui amenaient alors des mots durs à entendre. Il aurait suffi que je la mette dans la confidence pour que ses yeux s'illuminent de surprise et d'admiration retrouvées. Mais j'étais trop fermement retenu. Cette dureté m'était nécessaire, j'avais mal au ventre de la voir comme ça et ce mal me renforçait. Parfois, flottait dans mes eaux stagnantes cette idée que ma disparition totale me garantirait un retour au firmament.

Le berger a refusé le film de Jeanne Péno, malgré l'insistance de Mal qui trouvait le scénario formidable et qui se voyait déjà aiguiser mes canines. Quelques jours plus tard, la réalisatrice revint vers moi pour me raconter très franchement où elle en était, sa déception après le refus de Pascal Pélisson, ses souvenirs de notre rencontre, à mille lieues de ce que j'imaginais. Elle m'avait trouvé maladroit, fatigué, subissant, mal à mon aise mais sincère et triste et cette tristesse lui allait, elle me trouvait beau dans ma tristesse. Mon refus de jouer le psy l'avait troublée. Si j'en étais toujours d'accord, elle me proposait le rôle du vampire.

Un soleil me réchauffait enfin.

Ce fut mon pied de nez au berger.

Durant toute cette histoire, je vous jure que les quelques semaines qui suivirent furent les plus heureuses.

Pour marquer le coup, j'avais invité Héloïse et Magalie au restaurant, nous avons bu du champagne en rigolant, je leur racontais l'aventure de cet homme devenant vampire à son corps défendant, je mimais les scènes comme du temps où les propositions pleuvaient, je les ai beaucoup fait rire. Magalie me disait que j'étais le seul acteur qu'elle connaisse qui jouait des séquences au débotté dans son bureau. En me voyant m'agiter, on voyait déjà le film, disait-elle, comme un peintre dessinerait un croquis sur un coin de nappe en papier, j'esquissais une atmosphère. Je ne savais pas raconter une histoire sans la jouer. Je retrouvais des sensations enfuies chez Fulvio, le restaurant d'un ami que j'avais adopté comme QG et qui me faisait prendre un méchant accent italien chaque fois que j'en franchissais la porte.

J'allais tourner un film.

Albert Stefan allait tourner un film.

En gesticulant dans ce restaurant, je réalisais à quel point le cinéma m'avait manqué. Pas les films, je n'ai jamais été cinéphile, mais faire du cinéma, l'ambiance d'un tournage, l'équipe, les pauses déjeuner sous les toiles de tente bruyantes du chauffage pulsé en hiver et étouffantes de chaleur en été, ces colliers de camions noirs ou blancs alignés sur les trottoirs des villes, ces rubans de rubalise délimitant les zones d'exclusivité artistique que le passant contournait et qui nous mettaient à l'abri de la cacophonie du monde extérieur. J'ai toujours adoré le pouvoir d'un tournage sur l'ordre établi des choses, cette cloche de verre que l'on pose sur l'espace public pour que poussent nos salades, on fait râler, on fait baver, on impose nos merveilles illusionnistes, notre essentiel de pas grand-chose à grand renfort d'autorisations municipales et avec la complicité de la maréchaussée, le cinéma ouvre des portes d'ordinaire fermées, il déroule ses câbles et gare ses camions comme un jean-foutre. Ce barnum de quelques semaines où naissent des amours et des amitiés, des engueulades et des tensions qui seront notre AFP, reléguant les guerres, les grèves, les attentats, les faillites et les OPA de l'autre côté de nos barrières égoïstes.

J'ai toujours aimé tourner, sans jamais trop comprendre comment ce grand bazar fonctionnait, je n'ai jamais su en fait, j'ai refusé de m'y connaître. Au théâtre, j'ai accepté de comprendre deux ou trois choses mais au cinéma jamais. Pas envie. Retenir les caractéristiques des objectifs que l'on cliquette sur la caméra avec le sérieux d'un préparateur qui accroche une bombe sous le ventre d'un avion de chasse, les filtres, le nom des barres, des pinces, des toiles, des projecteurs, des cales, toute cette quincaillerie rangée dans des caisses de métal aux mousses thermoformées... Je regardais tout ça, admiratif, je donnais des coups de main mais sans chercher plus loin. Chacun sa place. Les comédiens qui bombardent de questions les équipes techniques m'ont toujours emmerdé, leurs repérages ostentatoires en vue du grand jour où ils feront leur « long » ont pour seul but de les positionner sur le marché de la réalisation. J'aime jouer et c'est tout. Pour moi, le cinéma est un terrain de jeu à la fois plus petit et plus grand que le théâtre, un truc bizarre où des dizaines de personnes s'échinent bien avant toi pour préparer le bac à sable dans lequel tu vas patauger cinq minutes. Au théâtre, tu es ton ingénieur du son, ton cadreur, ton monteur, ton mixeur, ton étalonneur, tu dois non seulement savoir ce que tu joues mais aussi comment le faire passer ; au cinéma, on t'équipe, tu es cerné de machines qui mettent un temps fou à se régler et, au moment où tu n'y croyais plus, une jeune personne habillée pour un raid en Patagonie, les hanches ceinturées de talkies-walkies réglés une fois sur deux sur le mauvais canal, vient te chercher pour aller dire tes trois phrases.

J'ai toujours fait partie de la catégorie des premières prises, cette élite orgueilleuse pour qui en faire une seconde est un échec. L'art d'être prêt au bon moment… Le cinéma demande des qualités de héron, cet oiseau qui attend pendant des heures au point d'eau, figé, avant d'attraper d'un coup le poisson et de s'envoler. Cénobite sur un fauteuil en toile la majeure partie de la journée et viking en de courts instants.

J'ai toujours aimé ce définitif de chaque jour. Chaque jour est une première à réussir, chaque jour doit s'enregistrer du matériel sur lequel on ne pourra plus revenir. On se retrouve pour accomplir une mission codée sur une feuille de service, et cette feuille que l'on découvre la veille au soir sera déchirée fièrement ou avec regrets en fin de journée, ce moissonnage quotidien colore nos bonjours et nos bonsoirs. Chaque journée porte en elle ses montagnes à gravir, chaque journée fait trembler, recèle son coup à faire, son hold-up, sa mise à rafler. Et ce sel-là m'a manqué. Je me suis tellement usé les yeux à éplucher des génériques dans l'espoir d'y retrouver d'anciennes complicités, preuves furtives et défilantes d'un passé commun, d'une vie de cinéma.

Contrairement au théâtre, on n'a pas besoin de souffrir tous les jours pour être heureux le soir, le film est fait, avec ses défauts et ses qualités, mais il est fait. Dans les tournées d'avant-première, on le présente au public, on regarde les cinq premières minutes pour juger de la qualité de la projection et puis on s'éclipse dans un restaurant du coin réservé par la direction du cinéma, on revient dix minutes avant la fin, repus et grisés de vin, pour recevoir les applaudissements et répondre aux questions de l'assistance.

Évidemment, avec Albert Stefan en tête d'affiche, les trop jeunes producteurs du film de Jeanne Péno n'ont jamais réussi à rassembler de quoi lancer la préparation.

J'avais donc un énorme chewing-gum accroché sous ma semelle qui m'empêchait de décoller et cette pâte à mâcher avait pour nom *has been*.

La réalisatrice, bien que me jurant qu'elle passait à un autre projet plus formaté, est revenue toquer à la porte de Pascal Pélisson, sans se douter que j'en serais fatalement tenu au courant. J'ai refusé une nouvelle fois en essayant de ne pas en retirer une satisfaction vengeresse.

Tourner sous ses traits ne m'amusait plus et malgré mes prouesses pour le rendre antipathique, le peuple du cinéma continuait à lui vouer un véritable culte. J'étais désespéré. Les propositions pleuvaient, on le voulait partout à n'importe quel prix et pour n'importe quoi. L'international s'y mettait également, son aura avait traversé l'Atlantique. Un célèbre agent américain voyait en lui un Gabin des alpages, il avait déjà trouvé la Marlène Dietrich qui lui ouvrirait ses bras, tout était prêt, il n'y avait qu'à signer : cinq films, un pactole. Paul essayait de me convaincre, ignorant ou feignant d'ignorer ma désespérance. La vérité c'est que ce monstre nous échappait, notre trio ne pesait plus grand-chose. Lourmarin était sillonné de paparazzis lancés aux trousses du berger, et les cageots de choux blancs qu'ils remontaient à leur rédaction finissaient par poser question. C'est *Mediapart* qui tira en premier, s'interrogeant sur la véritable identité de Pascal Pélisson.

Chaque déplacement pour les tournages devenait « à risque », il fallait s'assurer de ne pas être suivi, les productions devaient embaucher des gardes du corps et des agents de sécurité. Évidemment, tout ce ramdam ne faisait qu'accroître son magnétisme et réduisait à néant mes espoirs de l'amocher. Tout le monde le plaignait. Une telle pression, pensez donc !

Même ce que je pensais être ma botte de Nevers fut un fiasco absolu.

J'avais secrètement fomenté un coup qui le rendrait *persona non grata* sur les tournages. Un coup bas. J'en avais honte mais je ne savais plus quoi inventer pour lui rabaisser son caquet. Le cinéma français ébranlé depuis quelques années par la vague #MeToo opérait difficilement sa mue, les choses avançaient. Les révélations accusant certains acteurs ou producteurs faisaient du bruit mais la vieille garde ressortait les couverts en argent du talent, de l'errance, de l'erreur de jeunesse, de la fougue, ou, à bout d'arguments, du droit de se faire emmerder. On n'efface pas des générations de comportements abusifs en claquant des doigts et le cinéma en restait une preuve bégayante.

Je tournais pour le compte de mon avatar un film qui se voulait exemplaire sur ce point, avec tout ce qu'il fallait de référents, de clauses à parapher sur les contrats, de mise en garde par l'équipe de production avant tournage, c'était le bon spot pour passer à l'action.

Dans un tel environnement, le moindre geste déplacé aurait certainement un retentissement dévastateur. Le berger avait exceptionnellement trois jours de tournage, j'attendis le troisième, le temps de repérer ma cible, une scripte dans la cinquantaine, jolie, élégante même, la voix goudronnée par des années de cigarettes qu'elle essayait de mettre derrière elle avec une espèce d'engin électronique qui avait tout de la machine à fumée. Nous échangions souvent sur le ton de la rigolade, le berger ne lui était pas indifférent, mais qui lui résistait ? Nous étions en fin de journée, la dernière pour moi, nos regards se faisaient un peu plus appuyés et se teintaient d'interrogation. Une discussion intense rassemblait le réalisateur, son premier assistant, le producteur et ma victime potentielle, il y avait des choix cornéliens à faire, le tournage avait pris du retard, c'était le moment.

Je pris mon courage à deux mains et, en m'approchant du petit groupe, en écrasai une, mollement, sur le postérieur de la scripte. Un cri et un énorme silence s'en suivirent. L'irréparable venait d'être accompli. Ce fut le producteur qui ouvrit le bal, un jeune homme de bonne famille, il prit sur lui pour me dire que ce geste était inadmissible et qu'il se devait de le signaler, le premier assistant s'emporta, il était à deux doigts de m'attraper par le col et de m'envoyer valser, le réalisateur ne voulait pas rester en retrait, il y alla aussi de son invective, seule ma victime, encore interdite, me regardait sans comprendre.

C'est le mot « police » qui la sortit de sa torpeur, ils voulaient prévenir la police et sans doute convaincre leur collègue de déposer plainte, autant pour se protéger et rester irréprochables que pour défendre la victime, ils tenaient à être exemplaires et avaient l'occasion de le prouver en immolant l'acteur le plus en vue du moment.

Pressée de toute part, l'outragée se mit à hurler, sommant la petite troupe d'indignés d'arrêter tout ce tintouin. Dans un mélange de fureur et de maîtrise, elle leur dit que c'était son cul et qu'elle entendait bien régler ça toute seule comme une grande, et que toutes ces années passées à être témoin ou victime de comportements abusifs et de l'omerta lui était tout aussi insupportable que cette soudaine hyperréactivité. Elle se retourna vers moi, ce moi honteux qui n'était que partiellement protégé par le maquillage, et me fit comprendre qu'elle m'appréciait mais que ce geste même venant de moi lui était insupportable. Elle me pria, les dents serrées et des larmes fatiguées au bord des yeux, de ne plus recommencer, jamais, avec qui que ce soit, elle conclut par un OK bien sonore et me tendit la main. Le berger lui répondit qu'il était d'accord et qu'il s'excusait platement, il ajouta qu'il ne comprenait pas son geste, qu'il la trouvait gentille et que c'était pour lui une marque d'affection, certes maladroite, il crut bon, cette andouille, de rajouter qu'il faisait pareil avec ses brebis. Les mots sortaient de ma bouche, j'en étais consterné, il parlait malgré moi, je le subissais. Mon plan prévoyait de lui débiter des horreurs, qu'elle l'avait cherché avec ses regards qui « en disaient long », de l'enfoncer par un déni avilissant, mais je ne contrôlais plus ma bouche, il avait pris possession de ma langue. En comparant sa croupe avec celles de ses brebis, il déclencha même quelques rires sous cape qui finalement gagnèrent toute l'équipe et l'affaire se conclut par un statu quo hilare qui arrangeait tout le monde. Échec. Même ça, on lui pardonnait.

Le pire dans cette péripétie est que, mis au parfum par la production du film, mes deux complices me sont tombés dessus. J'étais inconscient, j'allais tout gâcher. Je me faisais dépouiller de toute part, ce projet était devenu le leur, ce cheval de Troie ne m'appartenait plus, je n'étais plus Ulysse le rusé mais le cadavre du cocufié Ménélas se desséchant sur la rive sableuse. À l'exercice, Paul se montra le plus véhément, il prétendait que l'on approchait du but et que je ne devais rien entreprendre qui puisse mettre en péril l'apothéose à venir. Avec un geste de joueur de poker sûr de lui, il jeta devant moi un script bien épais affichant Netflix en gros sur la couverture.

Après ça, me dit-il, *bas le masque ! Je voulais t'en parler plus tard mais vu l'inconséquence qui te sert de boussole ces derniers temps il devient urgent de refaire les niveaux. Ça vient d'arriver, six mois de tournage en République tchèque, partenaires de jeu : Brad Pitt, Cate Blanchett, Adam Driver et j'en passe... Avec ça, on rejoint Gary. Tu deviens une légende.*

Mal, qui de toute évidence était dans la confidence, me certifia que c'était possible, qu'il aménagerait le plan de travail. Ce serait d'autant plus facile pour lui qu'il serait officiellement mon maquilleur FX personnel. Les Ricains me voulaient, et pour avoir plusieurs fois tourné avec eux, me dit-il, quand ils veulent quelqu'un, ils disent oui à tout. Il termina sa diatribe en me précisant que l'histoire était géniale.

Après un long silence, je leur demandai quelle était cette histoire qui les rendait fous.

Le Golem, conclut Paul, les yeux plissés.

J'ai refusé, j'ai refusé de toutes mes forces. Ce projet me faisait peur, dans l'absolu il me terrifiait, je veux dire indépendamment de mon entourloupe, alors j'ai hurlé mon refus à la face de mes complices, nous nous sommes séparés fâchés. C'était un soir, je suis rentré tout en chagrin sec comme peuvent l'être les orages d'été, la colère et l'incompréhension envahissaient l'habitacle du taxi qui me ramenait à la maison. N'étant pas d'humeur à écouter de la musique antillaise, je demandai au chauffeur de baisser le son de son autoradio. Chose faite, il entreprit alors de me parler. En deux questions, il comprit que j'étais comédien, et voilà comment Pascal Pélisson s'invita dans la voiture, ce monsieur jovial était cinéphile et me demanda si je connaissais ce comédien-berger qu'il adorait. La sonnerie de mon téléphone ne l'arrêtant pas, je dus lui préciser que c'était ma fille qui essayait de me joindre mais, là encore, au lieu de se taire, il commença un exposé sur le thème des enfants, que c'est bien quand c'est petit mais qu'après ce n'est que des problèmes. Je l'abandonnai en décrochant. Elle pleurait.

Héloïse pleurait, elle espérait me voir rentrer plus tôt et m'attendait pour débonder son cœur mis à mal, elle pestait contre moi, je ne l'avais pas prévenue, elle s'inquiétait, pensait que je traînais mon ennui dans des bars d'acteurs à la dérive qui repeignent le monde au pinceau de leurs frustrations.

Elle en avait marre de tout, en premier lieu, de ses parents. Elle commença par sa mère qui papillonnait entre sa maison de Ré et son triplex parisien, perpétuellement surmenée et ne pouvant jamais décrocher à cause des sacs de courses qu'elle portait en permanence, puis vint mon tour, elle me reprochait de me complaire dans une fange d'aigreur, l'éloignant de ses souvenirs d'enfance où son papa brillait sur scène et à l'écran, où elle passait de bras en bras dans les coulisses et recueillait des compliments qui la faisaient rosir de bonheur. Héloïse était à bout de moi. Après une mélopée d'excuses et de phrases toutes faites qui prétendaient lui démontrer que je la comprenais, je me suis senti dos au mur, à poil, il fallait que je lui dise. Lui dire que son père n'était plus la cinquième roue du cinéma français mais son Spaggiari, sans haine ni violence, qu'il était l'instigateur du casse du siècle et qu'on se souviendrait de lui longtemps. À peine rentré, je la trouvai dans le salon, assise en tailleur sur le canapé en train de fumer, nous avions convenu que la cigarette, c'était dehors, elle s'y tenait jusque-là, moi aussi, mais le moment n'était pas à le lui rappeler. Je m'approchais de ses yeux rougis, c'était maintenant…

Héloïse, c'est moi.

Son visage fermé se releva.

Bah oui, je vois bien que c'est toi.

Non. Pascal Pélisson, le comédien, tu sais ? Ben, c'est moi…

Après un silence pesant, sa tête se mit à osciller de droite et de gauche, sa bouche laissa échapper un soupir méprisant et consterné puis le bourreau abattit sa lourde lame.

N'importe quoi !

Elle me laissa debout, comme un con, et partit se réfugier dans sa chambre en faisant claquer toutes les portes qui se trouvaient sur son passage et moi, j'étais perdu.

Je pouvais la convaincre de m'ouvrir, m'installer près d'elle sur son lit de larmes et lui apporter toutes les preuves en photos depuis mon téléphone. Je pouvais le faire et je ne l'ai pas fait. Je m'en voulais de cette faiblesse qui prétendait avoir le dernier mot. Mais en vérité, ce *N'importe quoi !* jeté en pleine face paternelle m'avait blessé, comme si l'acteur que j'étais ne pouvait laisser deviner ne serait-ce qu'une seconde que c'était plausible, elle avait tout vu de moi depuis ses couches-culottes jusqu'à aujourd'hui, chaque film, chaque téléfilm a fait l'objet de décorticages que n'auraient pas reniés *Les Cahiers*, elle m'avait entendu le soir prendre des milliers d'accents et de voix différentes pour animer cette masse de doudous qui avaient pris le pouvoir dans sa petite chambre, elle avait ri de mes tirades enfiévrées lors de dîners entre amis, de mes improvisations, de mes imitations, elle avait fait de mon César et de mon Molière ses jouets préférés, s'en servant d'autels où se prosternaient, raides comme des pieux, des armées de Playmobil sans cheveux. Toute cette vie de spectatrice numéro un pour en arriver à ce *N'importe quoi !* méprisant et navré.

Le berger m'avait volé ma fille. Son talent l'avait emporté sur son cheval blanc, loué certainement chez Mario Luraschi.

Une angoisse avait décidé de squatter ma boîte crânienne, et si, une fois la supercherie révélée, personne ne me croyait ? Si les gens refusaient de m'attribuer cet énorme subterfuge malgré les preuves, en dépit des évidences ? Comme ces femmes scientifiques qui se sont vues dépouillées de leurs travaux géniaux par des hommes peu scrupuleux nobélisés à leur place ? Si ma relégation en troisième division du cinéma français faisait définitivement de moi un comédien ordinaire duquel rien d'extraordinaire ne pourrait surgir ? Un tâcheron sans grâce condamné à débiter des dialogues de télévision au tarif syndical, une banalité sur patte exclue du champ de la fascination. Et si le succès n'était qu'un soleil capricieux qui ne daignait pas redorer les peaux désireuses ? Acteur nyctalope à force d'attentes interminables dans les coulisses, ne me parviendraient de la lumière des vedettes que des *Chuuuut* excédés par mon bavardage de chauve-souris ? Et si on ne me reconnaissait plus rien ?

J'étais obligé d'avancer, le point de non-retour venait d'être franchi, et ce point venait de me claquer la porte de sa chambre au nez.

Le berger me faisait avancer comme une brebis, les pattes soumises aux canines de son chien nerveux, je n'avais plus la main. Il me faudrait retrouver Paul et Mal et m'avouer battu, leur dire d'accepter ce tournage avec les Américains.

J'ai longtemps espéré jouer dans un film américain, je n'ai rien fait pour, mais j'en ai rêvé. Je me suis dit que ça ne servait à rien de se préparer, mon anglais n'a jamais voulu décoller du niveau collège, et puis je me suis rassuré en me disant que les acteurs français n'ont jamais brillé bien longtemps sous les *sunlights* californiens, deux ou trois films, juste le temps de savourer cet accent *frenchy*. Pour réussir là-bas, je me disais qu'il fallait devenir un des leurs, définitivement, s'installer, prendre la nationalité, se renier. Quand les raisins sont trop hauts... Mais j'ai toujours adoré leurs acteurs, leurs histoires, cette façon de se donner les moyens de faire du cinéma un spectacle. Chez nous, le spectacle est suspect, c'est commercial, chez nous, on fait de l'art, on invente une grammaire à chaque film, on se réfère, on se pavoise, on se glisse dans des draps réchauffés par d'autres, chez nous, l'acteur est une chose qu'on dirige, qui se doit d'être déstabilisée par le génie créatif du réalisateur. J'ai eu ma chance, il y a longtemps, Magalie m'avait dégoté un rendez-vous avec Jerry Schatzberg...

Un petit film, quelques semaines de tournage à New York, un personnage de Français qui cherche à renouer avec son père dans la grosse pomme cosmopolite, c'était parfait pour moi, je lui ai bafouillé mon anglais, il en était content apparemment, ça lui suffisait, je me voyais déjà là-bas, et puis ma fille est née avant le terme, césarienne en urgence, le petit créneau que j'avais avant l'accouchement de ma femme s'est envolé et j'ai décliné l'offre. Le film fut tourné avec un autre acteur et n'eut pas une grande carrière commerciale, en fait personne n'en a entendu parler. J'aurais tellement aimé, même avec un projet un peu bancal, lever la tête entre deux gratte-ciel et me dire que je suis là pour faire du cinéma, me retrouver tous les jours dans le restaurant préféré de Robert De Niro pour me retourner chaque fois que la porte s'ouvre, écouter le soir devant un verre Jerry Schatzberg nous raconter le tournage de *L'Épouvantail*, avec Gene Hackman et Al Pacino, m'endormir au 33e étage au-dessus de Central Park et laisser ce qui reste de nuit m'encombrer de rêve américain.

Je ne suis pas né dans le bon pays, il me fallait un territoire plus pragmatique, un pays de mérite, qui ne passe pas son temps à se pousser du col avec sa révolution et ses Droits de l'homme pour rétablir les privilèges dès qu'on a le dos tourné. Une erreur d'aiguillage m'a fait apparaître en France, mais mon sang de comédien est anglo-saxon, je le sais, il n'y a que moi qui le sais mais je le sais, la musique irlandaise me rend fou, si ce n'est pas une preuve…

Ce rôle du rabbin Yehuda-Leib dans *Le Golem* préparé par Netflix devait me revenir, à moi, pas à ce berger, c'est ma trogne nue que Brad Pitt transformé en Rodolphe II devait avoir en face de lui, pas cette face bardée de silicone.

Un simple texto informa mes deux compagnons que j'acceptais finalement la proposition. Trois secondes après, Paul nous sommait de le retrouver chez lui dans une demi-heure.

On avait du boulot.

Malgré mon revirement, je tenais à leur exposer mes craintes qui se voulaient objectives, la première d'entre elles concernait le niveau de mon anglais, Paul me coupa tout de suite, la production voulait que je tourne en français, ils avaient été traumatisés par des acteurs se croyant bilingue, le rôle serait ensuite entièrement doublé. Paul me regarda droit dans les yeux puis me demanda quel était mon argument suivant. Visiblement, il était pressé d'en finir avec mes réticences. Je me hasardais sur le temps de tournage et l'énorme travail de maquillage que cela représentait. Cette fois, Paul se tourna vers Mal et lui enjoignit de me répondre d'un coup de menton. Le rôle était important mais, affirma-t-il d'un ton excité, ils étaient prêts à tous les aménagements possibles, Mal avait déjà négocié que je ne devrais pas tourner plus de trois jours d'affilée afin de laisser ma peau respirer, puis il me dit que la transformation qu'il envisageait était une chance car il avait prévu de partir de mon visage naturel, à l'exception des yeux et des mâchoires, tout le reste aurait pour base ma propre tête. Je lui fis remarquer que le « reste » ne représentait pas grand-chose mais mon argument tomba à plat entre les verres de rosé plein de glaçons que Paul s'acharnait à remplir dès que les niveaux baissaient.

Mal était lancé et rien ne pourrait l'arrêter, il sortit de ses cartons à dessin des croquis, des photos, les premières esquisses de ce qui pourrait être le Maharal. Il posa sur la table basse un vieil exemplaire du *Golem* de Gustav Meyrink, un autre plus récent d'un certain Peter Ackroyd. Sur son ordinateur, il mit en route un vieux film de Duvivier avec Harry Baur dans le rôle de l'empereur fou et Ferdinand Hart dans celui de la bête d'argile, en accès libre sous-titré en espagnol. En quelques secondes, le golem était partout en dessins, en livres, en vidéos. J'étais submergé. Je n'avais pas encore lu l'énorme scénario qui, d'après mes deux acolytes, faisait une synthèse courageuse mais un peu lourde de tout ce qui avait été écrit sur le sujet. L'histoire se resserrait autour du rapport de l'empereur Rodolphe et du rabbin Lœw, le golem serait joué par Adam Driver.

Paul nous ramena à des considérations plus pratiques, il avait négocié une totale étanchéité du berger avec l'équipe technique, une maison dans Prague nous serait louée et personne ne pourrait me parler sans passer par eux auparavant. Le salaire était royal, au regard des émoluments que je percevais depuis des lustres, des centaines de milliers d'euros parviendraient sur le compte du berger puis sur le mien par virements successifs. Paul continuait de parler tandis que mon attention battait la campagne, ce tapis rouge que l'on déroulait sous les pieds de ce berger provoquait chez moi un malaise, mon corps sonnait l'alarme, me sentant incapable de réagir intellectuellement il me proposait de vomir afin de me remettre à l'endroit. Qu'est-ce qui m'avait échappé ? Pourquoi lui et pas moi ? Pourquoi ce golem de Provence avait-il droit à tout ? Qu'est-ce que j'avais raté pour me retrouver serviteur de cet être qui donnait tellement envie ? J'avais lu comme tout le monde *Le Parfum* de Patrick Süskind et, tel Jean-Baptiste Grenouille, ce berger avait trouvé la formule magique, le charme absolu qui attirait irrépressiblement, comme le miel fait les mouches, aurait dit Molière.

Mais si ce monstre avait autant de succès, c'était grâce à moi, cette marionnette fonctionnait uniquement parce que j'étais derrière tous ses fils. Pourtant c'est en disparaissant derrière lui que je parvenais à rayonner, j'ai passé toute ma vie à tenter d'exister et voilà que le succès triomphal arrivait sous une couche de silicone. Me revenaient alors des lignes obscures de lectures trop rapides du *Funambule* de Genet et cette mort théorisée à laquelle l'acrobate doit s'abandonner, se livrer pour finalement resplendir sur le fil d'acier. Trop préoccupé par ma petite personne, je n'ai pas su disparaître. J'ai voulu exister, voilà mon inconséquence.

Pourquoi je n'ai pas su me débarrasser de moi ? J'ai toujours été sceptique sur les quelques comédiens que j'ai pu croiser qui pratiquaient une thérapie, en analyse depuis des années, s'efforçant de démêler ce qui les encombrait mais là, entouré de mes deux amis qui continuaient à m'entretenir de ce tournage incroyable, je me sentais petit et minable, j'aurais aimé m'allonger sur des divans et me défaire de moi, de ce moi englué, mazouté comme un oiseau marin. Soudain surgissait de ma mémoire ce 33 tours que mon père avait acheté après le naufrage de l'*Amoco Cadiz* avec la voix de Roger Gicquel qualifiant de salauds les armateurs… Mon père, le voilà qui revenait à mon esprit, ce père artiste frustré et fuyant, je n'ai pas voulu réussir, voilà la clef de mon analyse à deux balles aux senteurs de rosé, réussir revenait à tuer mon père. J'ai essayé de me blinder avec les moyens du bord, sûr de mon talent mais, en quête perpétuelle de reconnaissance et affichant une indépendance dont finalement je n'avais pas les moyens, mes genoux flageolaient. On s'est fatigué de moi comme on regrette un gros chien qu'on n'a pas su dresser et qui devient encombrant de maladresse. J'aurais dû jouer le jeu, continuer même en dehors des plateaux de tournage, afficher mon désir, l'écrire, le théâtre m'a rendu nécessaire et suffisant. Sans les salaires du théâtre et sa reconnaissance, j'aurais moins fait le malin avec le septième art et l'inconditionnalité qu'il exige.

Oh, tu m'écoutes ?

Paul me fit revenir au plan de bataille. Mes deux camarades me regardaient, soupçonnant mon éclipse de conscience. Je crus faire illusion en approuvant le choix de cette belle maison bleue praguoise dont plusieurs photos s'affichaient sur l'écran de Mal, maison que la production nous proposait le temps du tournage, mais malheureusement pour moi ils en étaient à l'organisation d'un dîner informel avec Brad Pitt qui avait souhaité rencontrer Pascal Pélisson à Miraval, autre surprise que Paul avait voulu me réserver, espérant ainsi définitivement enterrer mes réticences.

À son air de *lucky* Bouddha engoncé dans son canapé en lin blanc, il n'y avait nul doute, le plus satisfait dans cette histoire, c'était lui. Paul ne jurait que par le cinéma américain et la proposition de Netflix représentait l'aboutissement de toutes ces années de purgatoire dans le septième art hexagonal, il fantasmait en soixante-dix millimètres et survivait en quatre tiers, il rêvait Paramount et se réveillait devant une commission du CNC. Et voilà que, grâce et malgré moi, Brad Pitt allait débarquer dans sa vie. Sous sa tignasse blanche, une foule de projets attendait de pouvoir s'exprimer dans son anglais au raifort, son sang de cinéphile transfusé depuis l'enfance au western en cinérama au Broglie Palace de Strasbourg piaffait dans ses coronaires fraîchement pontées.

Oui, ce serait dément ! Mal tentait de le faire patienter, ma réponse tardant à se faire entendre.

Paul était nerveux, et comme à chaque fois en pareil cas, ses yeux mi-clos devenaient deux meurtrières.

Un dîner avec Brad Pitt ?

Oui…

Ce *Oui* de Paul en réponse à mon atterrissage sonnait fatigué. Mes complices se rendaient bien compte de mes atermoiements et le geste suicidaire dont fut victime cette femme sur mon dernier tournage avait dû les alerter. Netflix d'ailleurs avait demandé des précisions sur mon comportement, les rumeurs filent dans ce métier et, précisa Paul, elles dépassent même le mur du son. Avant l'affaire Harvey Weinstein, les Américains ne plaisantaient déjà pas avec ça. Paul et Mal, repoussant verres, documents et écrans entre eux et moi, rapprochèrent leurs têtes de la mienne, ils voulaient s'assurer que mon désir d'aller jusqu'au bout dans cette histoire était sincère. D'après eux, nous tenions là le projet ultime, non seulement par son rayonnement international mais également par le sujet du film, le golem. Paul y voyait carrément un signe, le saint Graal à portée de main.

Tête opinante, Mal répétait en boucle le mot *dément*, sa félicité devait avoir touché une zone particulière de son cerveau. Paul nous dévoila à voix basse, comme s'il craignait d'être espionné, qu'il lisait *Le Cavalier suédois*, pour lui un chef-d'œuvre, et nous expliqua que son auteur, Leo Perutz, avait également écrit *La Nuit sous le pont de pierre* dans lequel il était question du rabbin Lœw et de l'empereur Rodolphe, quand la proposition de Netflix était arrivée sur son bureau.

Après cette sortie, il y eut un silence. Paul espérait me soutirer une exclamation avec cette confidence, fusse-t-elle minime. Alors que je rassemblais mes maigres forces pour le rassurer, Mal me coupa l'herbe sous le pied avec un *dément* dodelinant.

C'est dingue, non ?

Paul avait décidé que rien n'entamerait son ardeur, persuadé qu'il tenait là son apothéose non posthume mais anthume. Il continuait de parler, interrompu seulement par ses gorgées de rosé et les *Dément !* de Mal lâchés à intervalles réguliers. Depuis ma zone de repli, ne me parvenaient que des morceaux de phrases, certaines images me tiraient de ma tétanie. Je comprenais que ce golem était fait d'argile, que ce rabbin, dont le nom semblait se décliner en une infinité de variantes, avait créé ce monstre pour assurer la protection des juifs du ghetto. Fallait-il être vulnérable pour inventer cette légende, s'en remettre à un monstre végétatif, somnolant et muet, pour se fier au génie créatif d'un savant, espérer le salut par des rites qui mêlaient l'occulte et la science, une faiblesse infinie se confiant à un conte, des proies sans défense condamnées à subir les assauts sanguinaires d'une foule aux cerveaux lavés. Qu'est-ce que j'avais fait d'autre ? Moi aussi, j'avais inventé un monstre en espérant revenir en pleine lumière, à la fois golem et Lœw. Les voix de mes deux camarades se mêlaient. Mal avait commencé le livre de Meyrink, et ils échangeaient sur leurs lectures respectives comme des joueurs de fond de cours, le golem occupait leurs esprits crépitants, jusqu'à ce que Mal lise à voix haute un passage : *mais comme il arrive souvent en ce monde, nombre d'actions qui paraissaient bonnes et nobles entraînent les mêmes conséquences que les maudites, parce que nous ne savons pas bien distinguer entre celles qui portent en elles des germes empoisonnés et celles qui sont salutaires.*

Paul lui répondit que le rabbin Lœw en voulant protéger les siens ne faisait qu'accélérer leur tourment. Mon esprit divaguait, j'avais enclenché une mécanique destructrice, j'en étais certain maintenant, mes camarades pensaient tout contrôler mais moi, je savais à cet instant précis que nous ne faisions que suivre et que cette aventure nous laisserait à bout de souffle. Nous n'aurions pas la malice et l'intelligence de Lœw qui avait demandé au golem de s'agenouiller pour se faire lacer ses chaussures et lui effacer, sur son front de glaise vivante désormais accessible, la première lettre du mot *Emet* qui signifie « vérité » pour ne laisser que *met*, « mort » en hébreu, et le rendre au néant. Lorsque ma vérité éclatera, il y aura un mort, cette perspective funeste s'imposait en moi.

Isabelle Tucci me fit savoir que l'article était prêt. Elle subissait un véritable harcèlement des commanditaires qui la pressaient de leur retourner son reportage sur l'assassin, Albert le Maudit. Paul et son avocat tenaient à le découvrir avant tout le monde, l'urgence pour eux était de me faire sortir de prison, ils ne comprenaient pas cette espèce de procrastination pénitentiaire dans laquelle je me complaisais depuis maintenant plusieurs semaines. Dans cette prison, malgré la sévérité des lieux, j'étais confortablement installé dans mon petit point de bascule, je barbotais dans l'œil du cyclone, le plus infime pas en avant, le moindre mot suffirait à tout chambouler, la vérité éclaterait, le golem Pascal Pélisson retournerait au néant pour toujours. Pour l'instant, on le pleurait, les articles pleuvaient regrettant tous la disparition cruelle de cette étoile filante, dénonçant ma folle jalousie, ma frustration abyssale, mon orgueil démesuré qui m'avait conduit à éliminer celui qu'ils pensaient être mon rival. On réclamait une justice exemplaire, quelques olibrius, le poitrail gonflé sous l'écharpe tricolore, allèrent jusqu'à exiger mon rapatriement afin que je subisse les foudres de la justice française, supputant par la même occasion que sa consœur tchèque pouvait avoir quelques lacunes, un échange d'amabilités entre les deux pays eut les honneurs des médias. L'Élysée dut rentrer dans la danse pour calmer les esprits. C'est comme ça que le nom du berger fut prononcé par la bouche présidentielle en marge du Salon de l'agriculture devant du mérinos impeccable.

Un mot de moi et la rationalité reprendrait ses droits, je reverrais ma fille qui ne voulait pas croire ce qu'elle lisait dans les journaux. Mais je voulais savourer encore un peu cette avance sur le reste du monde. D'une belle écriture, sensible et honnête, Isabelle avait fidèlement retranscrit mon histoire, elle saluait la performance, s'amusait de cette profession abusée mais, une fois achevée la lecture de son article, je ressentis comme un pincement. Je n'y trouvais aucune trace d'admiration, pas un seul adjectif un peu ronflant pour qualifier cette aventure unique au monde. Elle trouvait cela *cocasse*, le mot *amusant* revenait un peu trop souvent, au mieux, un *malin* tentait maladroitement de traduire sa pensée. Sa méconnaissance du métier d'acteur lui faisait mésestimer cet exploit. Pour elle, j'avais joué un rôle, un de plus, j'avais poussé le bouchon un peu plus loin, une sorte de gag, une caméra cachée, une supercherie un peu léchée dont elle ne percevait pas la finalité. Aucun parallèle de sa part avec Romain Gary auquel j'avais pourtant pris soin de faire allusion lors de notre entretien dans l'espoir qu'elle m'aligne sur ce destin romanesque, j'espérais un « Gary du cinéma » au lieu de ce chapeau qui donnait dans le fait divers : « Albert Stefan et Pascal Pélisson ne faisaient qu'un. »

Tout ce basculement découla d'une lettre. Une simple lettre envoyée à la production américaine et française du *Golem*. Nous étions installés depuis quinze jours dans cette maison bleue, quartier Malá Strana, les rendez-vous préparatoires au tournage s'enchaînaient. Nous étions organisés comme dans *Mission impossible*. Paul gérait la téléphonie, Mal le maquillage et le relationnel avec la mise en scène. Nous avions redoublé de prudence en apprenant qu'une partie de l'équipe son était française, j'avais tourné plusieurs fois avec eux, nul doute qu'ils me reconnaîtraient immédiatement s'ils me croisaient sans masque. Mes deux acolytes insistèrent alors pour que je reste cloîtré. Ils estimaient également qu'on ne pouvait exclure qu'une palanquée de touristes quinquagénaires en colonne par deux derrière un parapluie dressé me reconnaisse, insinuant par là même que les voyages organisés pour retraités constituaient le réservoir le plus probable de fans de l'acteur que j'étais ou que je fus. Je devais donc passer mes convalescences de maquillage entre quatre murs. Ce berger prenait trop de place. Même soigneusement rangé sur les moules en plastique de Mal, il me reléguait sur la touche, il exigeait ma disparition totale, il lui fallait tout prendre, peut-être en voulait-il à ma vie ?

C'est au cours d'une de ces nuits praguoises que ce cauchemar a commencé. J'ai toujours fait des rêves plus ou moins effrayants, les veilles de première. Le plus souvent, j'arrivais en avance dans un théâtre quelconque, l'esprit serein, prêt à jouer, heureux même, et puis patatras, je m'apercevais cinq minutes avant d'entrer en scène que je ne me souvenais plus de la moindre ligne de texte, ou que je m'étais trompé et que j'avais appris une autre pièce, un peu comme la pianiste Maria João Pires qui, en 1998 à Amsterdam sous la direction de Riccardo Chailly, a compris en entendant l'orchestre entamer le *Concerto pour piano n° 20* de Mozart qu'elle n'avait pas révisé le bon. Parfois, c'étaient les lieux qui avaient changé, impossible alors de retrouver le chemin jusqu'à la scène, perdu dans des couloirs labyrinthiques. Mais ce rêve-là fut différent, le tournage du *Golem* avait commencé depuis des semaines, tout se passait bien. Sous les traits de Pélisson, je faisais des merveilles, le réalisateur était aux anges, Brad Pitt conquis, Cate Blanchett séduite et puis, en rentrant dans notre maison afin d'extirper ce berger de mon visage à l'abri des regards indiscrets, je constatais que Mal suait à grosses gouttes et soufflait son impuissance à discerner les raccords avec son coton-tige imbibé de solvant. Régulièrement, il levait la tête et me regardait dans le miroir avec des yeux perdus, puis il se remettait à l'ouvrage, espérant trouver la brèche pour décoller le silicone. Après plusieurs tentatives, il se résolut à me faire part de sa défaite, il ne pouvait retirer le maquillage et en appelait à mes doigts pour arracher les pièces qui recouvraient mon nez. Passé l'incrédulité, j'attrapai mon nez solidement et essayai d'arracher les peaux récalcitrantes mais une douleur terrible m'arrêta. Pris d'un doute horrible, mes ongles échouèrent également à retirer les stigmates de cette maladie de peau ; dans ma bouche, ma langue nerveuse ne trouvait aucune trace des plumpers, il n'y avait que mes gencives, devenues plus volumineuses. Nous nous regardions hébétés, ni l'un ni l'autre ne pouvaient admettre la conclusion qui s'imposait. Pour en finir, je m'attaquai à ma perruque, un cri de douleur m'arracha à ce cauchemar, je me réveillai le buste relevé, le front perlant d'angoisse nocturne et dans ma main droite une belle touffe de vrais cheveux arrachée. À partir de là, je compris qu'une lutte à mort était engagée entre nous. À la fin, il ne pouvait en rester qu'un et, après ce cauchemar, j'avais de sérieux doutes sur l'identité du survivant.

L'organisation de ce tournage me faisait rêver. Si je n'avais pas eu ce foutu maquillage, je serais resté des heures à répéter. Les Américains ne laissent rien au hasard, et cela aurait fait ma joie autrefois. J'ai tellement souffert de cette science de l'à-peu-près sur les tournages hexagonaux, ce côté *Ça va le faire*, ces acteurs qu'il faut tirer par les cheveux pour aller s'entraîner, ces réalisateurs qui ne daignent pas s'abaisser à s'intéresser à des considérations trop « pratiques » pour eux, ces coachs qui se désespèrent de comprendre ce que l'on attend d'eux, les directives qui changent de minute en minute, ce matériel qui n'est jamais le bon. Je garde en mémoire une première assistante qui devait littéralement arracher d'un jeu vidéo le réalisateur afin qu'il daigne superviser les cascades de son film. Des répétitions approximatives, histoire de dire. Outre-Atlantique, on bosse, tant que ce n'est pas là, on recommence, ils ne s'en remettent jamais à la providence. Le jour J n'est qu'une reproduction exacte des jours de répétition précédents. Sans ce maquillage qui m'obligeait à apparaître le plus rarement et le moins longtemps possible, je me serais imbibé de cette science et, une fois revenu au pays, je serais devenu comme ces comédiens emmerdants qui vous rappellent à longueur de tournage leur seule et unique expérience outre-Atlantique, bigarrant leurs propos d'expressions anglo-saxonnes. J'avais théorisé là-dessus, le syndrome du bon élève qui lève la patte pour étaler sa science et récolter les bons points du metteur en scène, l'acteur est un fayot, y compris le plus rebelle. Qu'on fût brillant ou désespérant à l'école, le tournage d'un film remet tout le monde derrière un pupitre avec la raie au milieu.

Même au cœur de ce qui pouvait constituer ma félicité, je me voyais dans l'obligation de me cacher, de rester dans l'ombre. Cette préparation ressemblait à la plus perverse des tortures mentales, être si près du miracle et n'en rien toucher, même pas du bout des doigts, Tantale enchaîné en bout de table, lié trop court pour se délecter. J'étais condamné à une frustration perpétuelle et je voyais au loin le berger rire de moi en pourléchant ses doigts graisseux. Le fils de Zeus avait trahi les dieux, mais moi, quelle ambroisie ai-je dérobée et à qui ? Qui ai-je offensé ? J'ai été délaissé, délesté, pourrait-on dire, par le cinéma, montgolfière capricieuse, qui doit se débarrasser de quelques sacs pour poursuivre son vol.

J'ai chu, voilà mon crime.

L'excitation de mes deux camarades à l'approche de ce tournage m'agressait chaque jour un peu plus. Ma lettre était prête, je ne savais pas encore si je devais les tenir informés de mon intention ou bien les mettre devant le fait accompli une fois le courrier envoyé. La faiblesse décida pour moi et mon enveloppe partit en silence au nez et à la barbe de mes complices, 12 rue Krapova dans la vieille ville, un bureau de poste repéré sur Internet. J'ai profité de l'absence de Paul qui devait faire un aller-retour à Paris et de Mal, occupé avec ses homologues américains pour la journée. Nous étions à trois jours du tournage, et tout le monde s'affairait. C'était ma première escapade en ville sans maquillage. Le bureau de poste n'était pas très loin, la mission pas très compliquée : acheter un timbre, le coller sur l'enveloppe et glisser le tout dans une boîte aux lettres, et pourtant. Passant dans une rue piétonne, mon prénom résonna dans ma tête. D'abord en sourdine puis de plus en plus fort, je m'appelais, je me voyais marcher et j'essayais de me rattraper, alors je m'appelais plus fort, je me sentais obligé de presser le pas pour me rejoindre et c'est alors qu'une main se posa sur mon épaule droite. Cette main appartenait à Jean-Paul Berthon et ce Jean-Paul Berthon était ingénieur du son. Il était attablé à une terrasse chauffée avec ses homologues américains. Nous avions travaillé ensemble à plusieurs reprises sur des films devenus au fil du temps des références mais qui avaient en commun de n'avoir pas du tout marché à leurs sorties. Il faisait partie des personnes que je devais absolument éviter de croiser et voilà que sa main était sur mon épaule droite et qu'il me parlait en pleine rue, prenant à témoin ses collègues qui me regardaient poliment. Évidemment, il vit l'enveloppe qui retrouva trop tardivement la poche intérieure de ma veste. Je bredouillais, des mains et de la langue, me revint en tête un comédien qui passait régulièrement à Prague lorsqu'il n'avait pas de travail, il avait fini par y acheter un petit studio, une ébauche d'explication de ma présence ici se noua laborieusement, je me demandais si Jean-Paul avait eu le temps de lire l'adresse sur l'enveloppe et toutes mes phrases se retrouvaient tachées de cette obsession. De ma bouche ne sortaient que circonlocutions et détours, le tout agrémenté de silences qui se voulaient explicites, mais les yeux de mon interlocuteur cachaient mal leur étonnement. Sans que je lui pose de questions, il me parla du tournage du *Golem*, ce projet qu'il qualifiait de « génial », au casting de « dingue ». Il aurait pu citer Brad Pitt, Cate Blanchett, ou bien encore Adam Driver mais non, seul Pascal Pélisson sortit de sa bouche, il allait travailler avec lui et cette perspective le ravissait. Sa main glissa de mon épaule droite à mon bras et, accroché de la sorte, il m'entraîna vers leur tablée afin de me présenter à toute l'équipe son du *Golem*. Il insistait pour qu'une bière célèbre nos retrouvailles et déjà ses collègues se dérangeaient pour me faire une place et me tendre un siège en rotin.

Il me présenta en anglais comme un des meilleurs acteurs français, il lista mes films qui, évidemment, ne disaient absolument rien à la bande mais, ils avaient cette politesse tout anglo-saxonne qui leur fit esquisser des moues admiratives. Une bière Bernard Pivo se retrouva devant moi en quantité tellement importante que je désespérais de pouvoir l'avaler d'un trait et repartir en saluant tout le monde. Je dus développer des trésors d'imagination pour trouver des questions à poser sur le tournage chaque fois qu'une interrogation se faisait trop précise sur ma présence à Prague, je répondais brièvement et évasivement et embrayais sur-le-champ sur cette histoire de golem. L'équipe étant flattée par mon intérêt, les réponses fusaient de toute part, en anglais, en français et en tchèque. Jean-Paul regrettait que je ne fasse pas partie du casting et se promit de se renseigner pour savoir s'il ne restait pas un petit rôle à pourvoir afin que je me retrouve même symboliquement dans le film. Une fausse route me fit alors éternuer de la bière par le nez et déclencha l'hilarité de la tablée. L'ingé son insistait très lourdement, il m'assurait que c'était jouable, que cela devait être écrit quelque part puisqu'on se retrouvait enfin, après tant d'années, à Prague. Il faisait donc partie du syndicat des chasseurs de signes, à l'affût ou en battue, prêt à faire feu à la moindre coïncidence que la vie envoyait à qui savait les lire. Ce métier regorge de ces gens. Personnellement, je me suis toujours trompé. Chaque fois qu'il m'a semblé percevoir un bon présage, la destinée se cabrait comme une jument rétive, les rares bonnes nouvelles m'ont pris par surprise, lorsque je n'y pensais pas ou plus, comme s'il fallait leur laisser de la place.

Mon téléphone sonna et cette sonnerie me sembla l'excuse parfaite pour prendre la poudre d'escampette, c'était Mal qui s'affichait sur mon écran, et l'œil inquisiteur de Jean-Paul me rappela celui de ma fille qui essayait systématiquement de savoir qui pouvait bien appeler son père. Le téléphone est le seul outil qui peut suspendre la politesse et planter là pratiquement n'importe quelle conversation. Si l'enveloppe n'était pas tombée par terre en l'extirpant de ma poche intérieure, ma sortie aurait été parfaite. Jean-Paul la ramassa, l'adresse était tournée vers le haut. Il me fit un clin d'œil en me la remettant. Avait-il eu le temps de lire le destinataire ?

L'engueulade avec Mal a commencé dès les premiers échanges, il me reprochait d'être sorti. J'avais beau lui dire que je devenais chèvre dans cette maison, rien n'y faisait. Tout en bramant mon ennui au téléphone, je me dirigeai vers la poste, j'achetai un timbre sur un automate en soupirant, je le collai en essayant de ne pas laisser filer des mots que je regretterais et la glissai dans la boîte aux lettres lorsqu'il raccrocha. Une fois dans la rue, je me suis demandé si j'aurais eu le courage de le faire sans ce coup de fil énervé de mon camarade. Il est probable que non.

C'était fait. Aucun retour en arrière n'était possible. Pascal Pélisson allait disparaître des écrans radars. La fête serait finie. Mais cet ingénieur du son avec son air d'en avoir deux m'angoissait. Était-ce un trait caractéristique de cette profession ? Ces mecs passent leurs temps un casque vissé sur le crâne, ils collent des micros partout et, lorsqu'ils vous regardent, vous avez souvent la désagréable impression qu'ils ont été les témoins de votre intimité d'acteur.

Paul arriva de Paris le soir même, il avait pu attraper le dernier vol pour Prague. Quand il entra en soufflant dans la maison, un silence pesant l'attendait. Je venais d'informer Mal de ma démarche, supputant que les prendre un par un serait moins pénible que d'affronter l'ire à deux têtes. J'avais tort, l'irruption de Paul revigora Mal qui commençait à flancher, je me suis retrouvé assailli de chaque côté, obligé de reculer pour les avoir ensemble dans mon champ de vision. Je voyais le moment où j'allais être obligé de me défendre physiquement. Finalement, les deux fauves se sont tus en même temps. Paul envoya quand même valser une tasse qui se trouvait là pour ça, comme dans les téléfilms. Le silence tenta quelques brasses molles dans l'eau redevenue calme.

Je saisis l'occasion. Tout est sorti, j'ai débondé ce que j'avais sur le cœur, tout ce que je remâchais le soir en essayant de trouver le sommeil, cette lente et inéluctable disparition de mon être au profit de cette marionnette surdouée, contraint de me cacher, de me taire, d'accepter d'être le serviteur zélé d'un ballon de baudruche gonflé à l'hélium. Évidemment que c'était mon idée, évidemment que, sans moi et ma caboche encombrée de frustration, cette histoire n'aurait pas existé, oui, c'est moi qui étais venu les chercher, oui, ils se sont décarcassés pour moi, mais ce n'était pas eux qui affrontaient le regard vide de ma fille, ce n'était pas eux qui éprouvaient ce sentiment de gêne lorsque je serrais des mains à des bien-portants du métier, ce n'était pas eux qui sentaient les corps s'éloigner lorsque, les soirs de premières, des photographes tentaient de me prendre avec une célébrité regrettant soudainement de m'avoir salué, ce n'était pas eux qui puaient la mort. L'insuccès est une maladie dans ce métier, les valides vous font bien sentir qu'ils ne veulent pas choper le virus, vous portez la poisse, vous êtes le chien jaune qui erre entre les poubelles, alors on se détourne. Le casting d'un film relève de l'eugénisme, du darwinisme poussé à l'extrême. Les consignes sont transmises aux exécutants, il faut des valeurs sûres, et quand on donne dans l'inconnu il faut du prometteur aux dents propres, tâté sur pied.

Ce n'était pas eux qui s'extirpaient du lit avec des crampes dues à l'inactivité de la veille, qui considéraient chaque matin la journée à venir comme une page blanche à colorier avec de l'encre invisible, à chercher des violons pour pisser dedans.

C'était moi, et maintenant, j'avais envie que ça s'arrête, quelles qu'en soient les conséquences. Je voulais me retrouver, même en loques, mais me retrouver, quitte à abandonner le métier, je m'en foutais, je ne pouvais pas tomber plus bas. J'en étais à un point que le succès ou l'échec de cette supercherie n'avait plus aucune importance.

Et si après ça la profession revient vers toi en te considérant comme un génie, tu en auras rien à foutre ?

Paul insistait pour avoir une réponse, je lui ai marmonné que de toute façon la lettre était partie et que maintenant il s'agissait de mettre en place la suite. Ce fut Mal qui trouva les mots pour recoller les morceaux, en rappelant les étoiles filantes du cinéma à jamais figées dans l'ambre d'une carrière prometteuse, James Dean bien sûr, mais aussi Natalie Wood, River Phoenix. Ce fut Paul qui clôtura la liste en évoquant Pierre Blaise, l'acteur de Louis Malle dans *Lacombe Lucien*, ce jeune bûcheron engagé à dix-sept ans pour jouer ce rôle de collabo et qui trois années plus tard décéda dans un accident de voiture. Cette fois, c'était le berger monté en neige qui n'avait pas l'estomac pour avaler la tartine écœurante du succès.

Il tenait son précédent et semblait rassuré.

Redevenu presque apaisé, Paul nous sortit de son chapeau Al Mulock qui s'est défenestré en costume pendant le tournage de *Il était une fois dans l'Ouest*... Et cette trouvaille le rassura, il avait sa référence, le cinéma validait son présent.

Malgré mes réticences, mes camarades voulaient lire cette lettre, j'avais beau leur expliquer qu'ils devaient préserver leur ignorance de l'état psychologique du berger, ils me répondirent qu'ils n'en avaient en gros rien à foutre. Ils n'étaient pas comédiens. Je dus obtempérer.

Je ne sais pas qui lira ces lignes en premier mais, qui que soit cette personne, elle aura la pénible tâche d'annoncer aux autres ma disparition. J'ai bien conscience des embêtements que je vais occasionner et j'en suis, croyez-le bien, sincèrement désolé.

Je ne me retrouve pas dans cette vie. Tout a commencé par un clin d'œil, une apparition dans le film que produisait mon ami Paul Khun, il y tenait. Je trouvais cela cocasse et j'ai accepté sans me douter de la suite. Après, tout s'est emballé comme une machine folle et cette boutade a fini par prendre des proportions qui m'ont dépassé. Je ne sais pas ce que les gens de cinéma ont vu en moi, mais ce qu'ils ont perçu m'échappe encore aujourd'hui. En écrivant cette lettre, je ne sais toujours pas si vous vous êtes joué de moi ou si mon couronnement était sincère. En quelques mois, je suis passé de berger sans-le-sou à vedette pleine aux as. J'ai touché sans fatigue des sommes folles, personne n'a idée du nombre d'estives que je devrais faire pour gagner ce que me rapportait une journée de tournage. Mais tout cela ne pèse pas grand-chose en regard d'une triste nouvelle qui m'est parvenue il y a deux jours. Ma chienne s'est laissée mourir chez les gens à qui je l'avais confiée, des gens très bien. Je ne pouvais pas l'embarquer avec moi sur le tournage. Déjà, mes absences régulières l'inquiétaient, elle ne comprenait pas mes allées et venues, je lisais dans ses yeux que la confiance était rompue. Lorsqu'elle filait rassembler les bêtes, elle s'arrêtait au bout de cent mètres pour se retourner vers moi, chose qu'elle ne faisait jamais avant. Je m'en veux tellement. Je vais mettre fin à tout cela en allant la rejoindre dans l'autre monde. Vous allez sûrement faire des recherches, prévenir la police mais ne gaspillez pas votre temps, un berger sait disparaître. Encore pardon pour tout le dérangement que je vais occasionner mais je pense que vous trouverez rapidement un comédien, un vrai, qui sera ravi de reprendre le rôle. Merci de votre confiance. Je vous souhaite de faire un beau film. Et passez le bonjour à Brad Pitt de ma part, c'est un gars très gentil. Même cette dernière phrase n'est pas naturelle, je n'aurais jamais dû avoir à l'écrire. Adiéu !

Ils ne trouvaient rien à redire. Nous passions à une autre étape, et les esprits recommençaient à sulfurer. La tempête était passée, une autre se préparait.

Il fallait accorder nos violons, nous convînmes que je devais quitter le territoire au plus vite, ils affronteraient seuls la production, les journalistes et la police car nul doute qu'une enquête serait ouverte. Paul me trouva un vol dans quarante-huit heures seulement, tout était booké, des annulations suite à des pannes avaient créé la pagaille dans les réservations. Je me réfugierais dans un hôtel après m'être assuré qu'aucun membre de l'équipe du tournage ne s'y trouvait. En quelques heures, mes bagages étaient faits, toutes traces de ma présence dans cet appartement soigneusement effacées. Mal poussa la méticulosité jusqu'à passer un chiffon imbibé d'alcool sur les poignées de portes, les tables, les interrupteurs, tout ce que je pouvais avoir touché, avant d'y laisser abondamment ses propres empreintes.

La nouvelle arriva sur mon téléphone. J'étais dans mon hôtel près de l'aéroport de Prague, une brève, suivie par des articles, plus ou moins longs selon les organes de presse. Déjà, naissait une polémique, certains évoquaient ce monde du showbiz comme une machine à broyer la sincérité. Toutes les cinq minutes, des alertes tombaient sur la disparition mystérieuse du berger. Paul s'en sortait bien devant les journalistes, le visage fatigué, ses yeux perpétuellement gonflés trouvaient là leur utilité. Il semblait encombré de chagrin, il avouait sa consternation. Visiblement, il avait répété la petite *story* de ses ultimes instants avec Pélisson, le dernier déjeuner, son envie de faire le film malgré la disparition de sa chienne qui l'avait ébranlé mais il ne se doutait pas que c'était à ce point. Je voyais déjà les ligues de protection des animaux faire du berger un saint homme. Mal restait en retrait, ils avaient convenu que seul Paul s'exprimerait dans les médias.

J'étais sur mon téléphone à l'aéroport Václav-Havel, prêt à embarquer pour Paris lorsque des policiers m'ont demandé de les suivre. Je fus fermement incité à m'engouffrer avec eux derrière des portes dérobées. Pendant qu'ils m'emmenaient, un SMS de Paul me prévint de la catastrophe : Jean-Paul Berthon avait alerté la production, il m'avait vu à Prague muni d'une lettre destinée aux bureaux de la production, mon attitude lui avait semblé bizarre, la chronologie des faits pouvait correspondre à celle de cette supposée lettre du berger. En posant mes fesses sur une chaise raide derrière un bureau, je pensais immédiatement à Jason Bourne, intercepté dans un aéroport italien, mettant son gardien au tapis en quelques secondes. Le mien n'eut aucune difficulté à me confisquer mon téléphone. La communication en anglais fut vite abandonnée après mes tentatives de réponses. On attendait donc un traducteur, j'essayais d'imaginer ce que je pourrais bien leur dire. Curieusement, je me sentais bien. Il y avait de fortes chances que je termine la journée entre quatre murs mais je n'arrivais pas à exiger de mes lèvres qu'elles effacent ce petit sourire narquois face aux policiers praguois. Je me retrouvais enfant, affichant ce même rictus involontaire lorsque mon père m'engueulait pour une faute que je n'avais pas commise, j'avais beau me défendre, mon sourire me dénonçait. Difficile de jouer Titus lorsqu'on a le masque d'Arlequin collé au visage. Je voyais bien que je les agaçais.

En attendant de se comprendre, le silence régnait en maître. Régulièrement, un béret bleu tentait une question en tchèque avec l'espoir que sa langue natale me soit devenue subitement familière, mais en l'absence de miracle un mutisme contraint et forcé reprenait ses droits. Enfin, une jeune femme sévère et passablement énervée fit irruption dans le local, elle m'informa dans un français sans accent qu'elle s'appelait Svatava et que l'on pouvait commencer parce qu'elle n'avait pas que ça à faire.

J'optai pour rester dans l'évasif, je pouvais tout déballer mais, quitte à chambouler la matinée chargée de l'interprète, je décidai de m'aventurer dans le flou et l'à-peu-près. Mes réponses se contredisaient. Plus je pataugeais et plus les échanges de regards entre fonctionnaires se teintaient de certitudes, le poisson n'était pas encore remonté mais ça tirait sur la ligne et les cannes se courbaient. Quelque chose en moi me poussait à finir cette journée enfermé. Et ce fut le cas.

Il ne leur fallut pas longtemps pour découvrir des virements suspects de compte à compte. Le lien entre le berger et moi fut prouvé et dès lors je devenais *le* suspect. En l'absence de cadavre, il n'y avait pas officiellement de crime mais une très lourde suspicion pesait sur mes épaules. Et moi, je m'en foutais.

Paul et Mal ne furent pas inquiétés, ils devaient simplement rester à disposition des enquêteurs tant du côté tchèque que français.

La parution du papier d'Isabelle me fit sortir de prison, je ne répondais que de falsification de document. La production américaine voulut me traîner devant les tribunaux pour le préjudice occasionné mais Brad Pitt qui avait des parts était parvenu à les convaincre de laisser tomber. Il me fit même parvenir par l'intermédiaire de Paul une lettre dans laquelle il m'avouait son incompréhension mêlée d'admiration. Qu'il était stupéfait de cette *astounding usurpation* et encore sous le charme de ces quelques séances de répétition que nous avions partagées. Il me souhaitait du courage pour la suite, mais restait persuadé qu'après ça, les propositions ne manqueraient pas de pleuvoir. Cette missive serait désormais pour moi un talisman et je fis le serment de la porter sur moi jusqu'à la fin de mes jours.

Les articles tombaient. Certains illustrés des photos de travail de Mal qui m'avait demandé mon autorisation. Paul y était favorable, mais d'une façon générale, il était favorable à tout ce qui pouvait faire du bruit, il avait même sollicité un communicant pour m'aider à gérer l'après Pascal Pélisson.

Mon retour n'eut rien de triomphal. Héloïse et Magalie m'attendaient à l'aéroport. Pas d'effusions, pas de cris de joie, des embrassades d'enterrement bousculées par une poignée de photographes envoyés là pour faire le cliché des retrouvailles. Leur empressement faisait se retourner quelques passagers qui ne comprenaient pas pourquoi nous étions la cible de ces flashs intrusifs.

Le trajet en taxi sur les premiers kilomètres fut à l'image des étreintes dans l'aéroport, silencieux. Je n'osais pas parler, j'espérais de leur part une petite phrase toute banale, toute plate qui puisse déclencher un début de quelque chose qui ressemblerait à une conversation, mais rien, des soupirs, des regards qui cherchaient par-delà les vitres du véhicule à se donner une contenance. Je bouillais, j'étais coincé au milieu sur la banquette arrière, serré par deux femmes qui ne savaient pas quoi me dire. Je me rends compte maintenant que je les ai plongées toutes les deux dans une cacophonie de sentiments contradictoires. Je leur avais dissimulé presque trois ans de ma vie. Au-delà de la somme de mensonges que cela représentait, ce qui dominait, c'était surtout l'immense peine de ne pas avoir été associées même symboliquement à ce projet fou, d'en avoir été écartées, de se retrouver dans le camp des bernés. Mais dans ce taxi, je ne pouvais l'entendre. Une fois dans les embouteillages au niveau de la porte d'Orléans, Magalie qui était à ma gauche se tourna vers moi et, le regard rempli de consternation triste, me demanda pourquoi j'avais ça. Je sentais sur ma droite qu'elle venait de poser la question qui brûlait la conscience d'Héloïse. Sans la regarder, je savais que ces yeux ne se perdaient plus dans les files de voitures pare-chocs contre pare-chocs.

Et le ton monta très vite.

Irrité par cette question, je lui répondis que j'étais sidéré qu'elle n'ait que ça à me demander, que je venais d'accomplir la plus grande mystification de l'histoire du cinéma et elle, qui était censée être mon agent, se demandait juste pourquoi j'avais fait ça, au lieu de me sauter dans les bras, d'admirer la performance, d'exprimer sa joie de me revoir après ces quelques semaines de prison. Ma fille essayait de me calmer mais ne parvenait pas à être complètement de mon côté, ses tentatives s'embourbaient dans ses regrets de ne pas avoir eu le courage de me poser cette question en premier.

Je m'en veux maintenant de leur avoir hurlé qu'elles me faisaient chier toutes les deux, mais la froideur de leur accueil dans ce hall d'aéroport ne passait pas. Vraiment pas. C'est le chauffeur qui mit fin provisoirement à notre engueulade. Il s'arrêta à proximité de la place Denfert-Rochereau et nous somma de terminer notre esclandre dehors. Il joignit le geste à la parole en ouvrant la portière pour extirper Magalie en lui saisissant le bras. Il était d'une taille qui n'autorisait aucune repartie, la course était pour lui. Une fois dehors, bagages sur le trottoir, nous avons regardé la voiture disparaître dans la circulation. Il faisait nuit. Il faisait froid. Nous étions à cet endroit, ce point précis où un mot, un geste peut faire tout basculer, une ligne de crête entre deux versants, se jeter dans les bras ou se déchirer, mais personne ne semblait avoir envie de trancher. Héloïse sortit une cigarette de son paquet et se cala contre un tronc d'arbre pour l'allumer, Magalie prit un appel et s'éloigna de quelques pas, ses réponses brèves et évasives me laissaient penser que l'interlocuteur prenait de mes nouvelles. Un taxi passa, je levai la main, il mit son clignotant et ralentit. Avant de m'engouffrer dans l'habitacle, je lançai à la compagnie que je rentrais chez moi et que ma porte leur était grande ouverte mais je fus incapable d'attendre leur réaction.

Ce retour catastrophique donna le ton. La presse, emportée dans son tourbillon de nouvelles, était passée à autre chose, le communicant embauché par Paul peinait à faire fructifier cette aventure. Personne ne semblait avoir envie de reconnaître l'exploit artistique. Tout se passait comme si on pleurait la disparition du berger sans pour autant admettre que sous le masque c'était moi, et que par voie de conséquence son talent, son charme, son charisme, sa faconde, son sourire, son regard étaient les miens. Non. On le pleurait et le retour du comédien Albert Stefan laissait le monde de la culture et des médias indifférents. Les critiques de cinéma en première ligne de cette mystification avaient choisi le silence, seuls quelques journalistes de la presse régionale s'intéressaient à mon retour, mais sous l'angle du fait divers. Personne ne voyait en moi le Romain Gary du cinéma, j'étais pourtant le seul acteur au monde à avoir reçu deux Césars sous deux identités différentes.

Quelques jours plus tard, à ce propos, l'académie du même nom diffusa un communiqué stipulant que, Pascal Pélisson n'ayant jamais existé, il avait été décidé à l'unanimité d'annuler le César du meilleur second rôle qui lui avait été attribué, le comédien ayant reçu le plus grand nombre de suffrages après lui recevrait le trophée, son nom serait révélé lors de la prochaine cérémonie. Paul me confirma la nouvelle ; il avait reçu un courrier le sommant de remettre la statuette sous huit jours. Il n'y a pas de petites économies.

L'humeur n'était plus à la complicité joyeuse, nous devions répondre de chefs d'inculpation avec en ligne de mire une possible peine de prison ferme pour faux et usage de faux, maître Lombard avait du travail. L'avocat n'avait pas trouvé dans les annales de la justice de réel précédent, une bataille judiciaire stimulante s'offrait à lui mais il ne semblait pas plus inquiet que ça. Il n'y avait pas d'usurpation d'identité mais création d'identité, la finalité n'était pas frauduleuse. Il s'agissait d'un délit objectif sans intentions malveillantes. L'argent dépensé par les productions l'aurait été pour un autre comédien et les brillantes prestations du berger avaient créé une plus-value, pour la production comme pour l'État qui avait prélevé l'impôt. Il était persuadé qu'une déclaration de culpabilité permettrait une dispense de peine et la non-inscription au casier judiciaire, il subodorait que cette affaire amuserait la sphère judiciaire, l'inclinant à une clémence bon enfant.

En attendant, nous étions quelques-uns à devoir répondre de tout ça, y compris l'accessoiriste qui avait réalisé les faux. Le retour à la réalité était rude.

Magalie fut désolée de m'annoncer que l'agence avait décidé de ne plus me représenter, elle-même avait eu toutes les peines du monde à les convaincre qu'elle n'était au courant de rien, elle avait finalement gardé son travail au bénéfice du doute. Mais elle ne serait plus mon agent.

Viré, j'étais viré.

Dans ma famille, le bilan n'était guère plus brillant : mes frères aînés ne me comprenaient pas et ne semblaient pas disposés à faire des efforts pour y parvenir. Ce frère saltimbanque et maintenant faussaire faisait tache. Ils étaient disposés malgré tout à m'aider financièrement si j'en avais besoin mais n'étaient pas désireux de me revoir.

Mes cadets se montrèrent plus chaleureux mais tout autant plongés dans des abîmes de perplexité. Jean-François, le dernier, me proposa de venir chez lui et son mari, ils habitaient en Belgique une jolie ferme rénovée, ils avaient de la place, je pourrais me retrouver là-bas, prétendait-il. Jean-François restait convaincu que mon destin amoureux était contrarié et que c'était sans doute la cause de mes « *égarements professionnels* ». Un long séjour en Wallonie me remettrait non pas dans le droit chemin mais dans le vrai chemin de ma vie.

Jean-Philippe, un peu moins enclin à voyager depuis qu'il s'était trouvé une âme sœur en la personne d'une Irlandaise dénommée Siobhán rencontrée au Brésil, m'invita aussi à le rejoindre sur Ilha Grande où ils venaient de s'installer. Mes deux cadets n'osaient pas aborder mes péripéties, ils restaient étrangers à ce qui avait pu motiver leur frère à s'engouffrer dans ce genre d'embrouilles. Lorsque j'en parlais, je les mettais mal à l'aise et changeais rapidement de sujet.

Finalement, celui qui s'en est le mieux sorti, c'est Mal. Son carnet de commandes a explosé, on le voulait pour tout et n'importe quoi, il ne savait plus où donner de la tête, même la DGSE l'avait approché, mais ça il m'a fait jurer de le garder pour moi. Évidemment, ce soir, j'en ai rien à foutre.

La grande famille du cinéma m'en voulait à mort. Personne n'eut l'élégance de prendre ça à la légère et de se contenter d'un *Bien joué, l'artiste !* Au fond de moi, je ne peux pas m'empêcher de penser que si la supercherie avait été l'œuvre d'une tête d'affiche bien en place, une valeur sûre du métier, ils auraient applaudi l'exploit, elle serait en ce moment sur tous les plateaux télé, des éditeurs lui feraient signer des avances indécentes pour qu'elle leur livre le récit détaillé de cette incroyable mystification. Mais que ça vienne d'en bas, d'un rebut, d'un comédien terminé, ils ne pouvaient le digérer. J'incarnais la preuve de leur manque de discernement, je devenais le chef de file de tous ces acteurs et actrices abandonnés parce que trop âgés, plus dans le vent, pas assez ou trop quelque chose, je mettais en lumière leur incorrigible versatilité, leur condescendance qui les amenait à jeter leur dévolu sur le mal dégrossi, le rugueux près de chez eux qui fait du miel, qui vend des huîtres, qui incarne des valeurs qu'ils n'ont plus, coupé du monde comme ils le sont. Ils sont tombés dans le piège, tous. Comment reconnaître le moindre talent au faussaire qu'ils ont mis sur le banc de touche depuis tant d'années ? Ce serait admettre leur erreur.

Les seuls qui se sont inquiétés de moi furent mes deux premiers partenaires, Jean Dujardin et Marion Cotillard. Chacun à leur manière, ils m'ont écrit qu'ils avaient passé un bon moment de cinéma grâce à moi et qu'ils espéraient que je m'en sortirais sans trop de complications. Jean terminait par *Bon courage, mon camarade* et Marion en me souhaitant de me retrouver avec les miens. Mais aucun des deux ne me proposait de nous retrouver devant une caméra.

Les miens.

J'ai invité ma fille à dîner. Il fallait que l'on se parle, que je lui explique cette lubie qui s'était ancrée en moi comme une croisade. Elle ne fut pas très loquace au téléphone mais consentit à me retrouver chez Fulvio.

Les mots ne me sont pas venus.

Face à elle, je m'écroulais, tout s'écroulait, ma vie de comédien avec sa panoplie de joies et de frustrations ne pesait plus rien, je m'en voulais de ne pas l'avoir associée à ce projet, mais je craignais son intelligence, elle m'aurait convaincue de la vanité qui se cachait derrière, elle en aurait ri et ça, je ne l'aurais pas supporté. J'ai voulu y aller seul, tête baissée et front plissé, têtu et borné. Qu'elle ignore tout de ce projet était pour moi un gage de réussite. Mais ce soir, face à elle, je me sentais petit, minable, le gamin qui boude et gâche tout. Je me suis maudit.

En la quittant, je l'ai serrée très fort, trop fort, elle s'en est inquiétée. Elle m'a demandé plusieurs fois si j'allais bien. Je l'ai rassurée et nous nous sommes séparés.

Héloïse ne souhaitait pas revenir dormir à la maison comme je l'avais espéré. Tant pis.

Sur le chemin du retour, mon téléphone qui n'avait cessé de vibrer durant le dîner continuait dans ma poche. C'était Magalie qui insistait. Je n'avais pas la force de l'entendre ni d'écouter ses messages. Médiocrement, je lui en voulais.

Une fois à la maison, l'idée de me supprimer s'est déposée sur moi, doucement, comme une première averse de neige. Petit à petit, une blancheur d'évidence morbide me recouvrait et c'est tout naturellement et calmement que je me suis souvenu du directeur de prison et de notre conversation il y a trente ans.

J'ai cherché tranquillement de quoi faire un cordon, mon téléphone continuait à vibrer sur la table basse du salon, le visage souriant de Magalie s'affichait et ce sourire me disait que j'avais raison, que c'était la meilleure solution, il m'invitait gentiment à me supprimer. Je continuais mes préparatifs, deux ceintures de peignoir se retrouvèrent nouées ensemble, une boucle pour passer ma tête et, affublé de la sorte, je me suis mis en quête d'une poignée de porte pour y attacher l'autre extrémité de cette cordelette en éponge. Je suis resté un long moment avec cette cravate, interdit, les yeux perdus dans le sourire de Magalie. Un énorme soupir. Mon doigt s'est approché du téléphone, de la liste de ses messages vocaux, la pulpe de mon index sur la petite flèche bleue et enfin sur la touche haut-parleur :

Jean, c'est encore moi. Je suis terriblement inquiète. J'essaye de te joindre depuis hier soir. C'est génial, tu ne vas pas en revenir. Voilà, en deux mots car j'en ai marre de me répéter sur ta boîte vocale, Jean-Pierre Alban voudrait adapter ton histoire, il est comme un fou, il veut aller très vite, la Gaumont est derrière, ils ont déjà négocié les bases d'un remake *aux États-Unis. il veut que tu écrives pour lui, il voudrait te voir très vite, s'il te plaît, rappelle-moi. Il faut prendre une décision. Il pense à Dujardin dans… enfin pour… ton rôle… toi… pour t'incarner… Bises !*

FIN

Remerciements

Et que faudrait-il faire ?
Chercher un ami vrai, qui sans être Patron
Par un lien secret de la forme et du fond
Vous guide sans être tuteur et cherche sous l'écorce
Ce qui vous fait grimper et trouver votre force ?
Oui, merci. Dédier comme d'autres le font
Votre dernière page ? Reconnaître la Maison
Qui vous permet d'écrire sans être sinistre
Et vous aide à sourire loin des soupirs tristes ?
Oui, merci. Déjeuner avec Philippe Robinet
Et Camille Trumer, décider au café
D'unir nos destinées et les quitter ravi
D'être enfin édité chez Calmann-Lévy ?
Oui, merci. Puis passer des heures au téléphone
Raconter vos histoires, à de charmantes personnes
Jeanne Grange, Cécile Rivière, Dorothée et ma mère
Recueillir leurs suffrages, et les sachant sincères
Remettre sur le métier l'œuvre ainsi avisée ?
Oui, merci. Avoir son épouse comme finalité
De tout ce que l'on fait ? Se réjouir d'être deux

Lors même que l'on est seul pour écrire ses aveux ?
Oui, merci. Se rêver sans craindre la peur
Qui sans cesse vous retient et vous plonge dans l'erreur
Je le dois à ces gens, je le dois au firmament
Et tant d'autres qu'il me faut, pour être tout à fait franc
Une épître entière pour tous les honorer.
Quatr'personnes cependant, méritent d'être citées
Qui toutes dans cette histoire, ont une place choisie
Pierre-Olivier Persin, Pierre Kubell mes amis
Qui par leurs professions et leurs douces amitiés
M'ont fait naître deux rôles, deux amis incarnés.
Se garder d'oublier, ma Virginie Actis
Qui m'a prêté sa thèse et le premier avis.
Ni Philippe Pelisson, mon cher ami de Lyon
Sans qui mon personnage n'aurait pas eu de nom.
Mais, je terminerai, par ce si beau métier
Qui en dépit de tout, me comble et me ravit
Bien que dur et ingrat il a fait que je suis
Romancier, comédien, libre de dire et de faire
Heureux de vivre cette vie, sans craindre de déplaire.

Composition et mise en pages
PCA – Rezé
Achevé d'imprimer en mars 2024
sur Roto-Page par l'Imprimerie Floch à Mayenne
pour le compte des Éditions Calmann-Lévy
21, rue du Montparnasse 75006 Paris

PAPIER CERTIFIÉ

CALMANN LEVY s'engage
pour l'environnement en réduisant
l'empreinte carbone de ses livres.
Celle de cet exemplaire est de :
700 g éq. CO_2
Rendez-vous sur
www.calmann-levy-durable.fr

N° d'éditeur : 8598268/01
N° d'imprimeur : 104511
Dépôt légal : avril 2024
Imprimé en France